Tobias Moretti

Jedermann

Das Spiel vom Sterben des reichen Mannes

Originaltext Hugo von Hofmannsthal
Bearbeitung Tobias Moretti
unter Mitarbeit von Angelika Gundlach

Originaltext
von Hugo von Hofmannsthal

Bearbeitung
von Tobias Moretti

Dramatis personae

Der Spielansager
Gott der Herr
Erzengel Michael
Tod
Teufel
Jedermann
Jedermanns Mutter
Jedermanns Guter Gesell
Der Hausvogt
Der Koch
Ein armer Nachbar
Ein Schuldknecht
Des Schuldknechts Weib
Buhlschaft
Dicker Vetter
Dünner Vetter
Etliche junge Fräulein
Etliche von Jedermanns Tischgesellen
Büttel
Knechte
Spielleute
Buben
Mammon
Werke
Glaube
Mönch
Engel

Dramatis personae

Gott der Herr (Stimme)
Tod/Spielansager
Teufel/Jedermanns guter Gesell
Jedermann
Jedermanns Mutter
Der Koch
Ein armer Nachbar
Ein Schuldknecht
Des Schuldknechts Weib
Buhlschaft
Dicker Vetter
Dünner Vetter
Etliche junge Fräulein
Etliche von Jedermanns Tischgesellen
Spielleute
Mammon
Werke
Glaube

SPIELANSAGER *tritt vor*
Jetzt habet allesamt Achtung Leut
Und hört was wir vorstellen heut!
Ist als ein geistlich Spiel bewandt
Vorladung Jedermanns ist es zubenannt.
Darin euch wird gewiesen werden,
Wie unsere Tag und Werk auf Erden
Vergänglich sind und hinfällig gar.
Der Hergang ist recht schön und klar,
Der Stoff ist kostbar von dem Spiel
Dahinter aber liegt noch viel
Das müßt ihr zu Gemüt euch führen
Und aus dem Inhalt die Lehr ausspüren.

GOTT DER HERR *wird sichtbar*
Fürwahr mag länger das nit ertragen,
Daß alle Kreatur gegen mich
Ihr Herz verhärtet böslich,
Daß sie ohn einige Furcht vor mir
Schmählicher hinleben als das Getier.
Des geistlichen Auges sind sie erblindt
In Sünd ersoffen, das ist was sie sind,
Und kennen mich nit für ihren Gott,
Ihr Trachten geht auf irdisch Gut allein
Und was darüber, das ist ihr Spott,
Und wie ich sie mir auch anschau zur Stund
So han sie rein vergessen den Bund
Den ich mit ihnen aufgericht hab
Da ich am Holz mein Blut hingab.
Auf daß sie sollten das Leben erlangen
Bin ich am Marterholz gehangen.
Hab ihnen die Dörn aus dem Fuß getan

Szene 1

TOD
tritt vor und sagt das Spiel an
Jetzt habet allesamt Achtung Leut
Und hört was wir vorstellen heut!
Ist als ein geistlich Spiel bewandt
Vorladung Jedermanns ist es zubenannt.
Darin euch wird gewiesen werden,
Wie unsere Tag und Werk auf Erden
Vergänglich sind und hinfällig gar.
Der Hergang ist recht schön und klar,
Der Stoff ist kostbar von dem Spiel
Dahinter aber liegt noch viel
Das müsst ihr zu Gemüt euch führen
Und aus dem Inhalt die Lehr ausspüren.

JEDERMANN ALS SPIELANSAGER
Aus dieser Leier
Klingt eine Lebens- oder Totenfeier.
Ist als ein geistlich Spiel getarnt,
Wer sich drauf einlässt, sei gewarnt.
Wollen doch sehen, ob's ihm gelingt,
Mich abzuholen, ob er mir Totenlieder singt. –
Ein jeder glaubt an etwas, einer glaubt heut dran,
Weil er es glauben muss: ein Jedermann!?*

* Bei diesen abgesetzten Passagen handelt es sich um Varianten, die den Arbeitsprozess sichtbar machen, siehe dazu auch das Nachwort von Tobias Moretti auf Seite 169.

Und auf meinem Haupt sie getragen als Kron.
So viel ich vermocht, hab ich vollbracht
Und nun wird meiner schlecht geacht.
Darum will ich in rechter Eil
Gerichtstag halten über sie
Und Jedermann richten nach seinem Teil.
Wo bist du, Tod, mein starker Bot? Tritt vor mich hin.

TOD
Allmächtiger Gott, hier sieh mich stehn,
Nach deinem Befehl werd ich botengehn.

GOTT
Geh du zu Jedermann
Und zeig in meinem Namen ihm an
Er muß eine Pilgerschaft antreten
Mit dieser Stund und heutigem Tag
Der er sich nit entziehen mag.
Und heiß ihn mitbringen sein Rechenbuch
Und daß er nit Aufschub, noch Zögerung such.

TOD
Herr, ich will die ganze Welt abrennen
Und sie heimsuchen Groß und Klein,
Die Gotts Gesetze nit erkennen
Und unter das Vieh gefallen sein.
Der sein Herz hat auf irdisch Gut geworfen,
Den will ich mit einem Streich treffen,
Daß seine Augen brechen
Und er nit findt die Himmelspforten
Es sei denn, daß Almosen und Mildtätigkeit
Befreundt ihm wären und hilfsbereit.

Jedermann tritt aus seinem Haus hervor,
ein Knecht hinter ihm

JEDERMANN
Springt ihr um meinen Hausvogt schnell,
Muß ihm aufgeben einen Befehl.

Der Knecht geht hinein.

Mein Haus hat ein gut Ansehn, das ist wahr,
Steht stattlich da, vornehm und reich,
Kommt in der Stadt kein andres gleich.
Hab drin köstlichen Hausrat die Meng,
Viele Truhen, viele Spind,
Dazu ein großes Hausgesind,
Einen schönen Schatz von gutem Geld
Und vor den Toren manch Stück Feld,
Auch Landsitz, Meierhöf voll Vieh,
Von denen ich Zins und Renten zieh,
Daß ich mir wahrlich machen mag
So heut wie morgen fröhliche Tag.

Hausvogt tritt auf.

Vogt, bring einen Säckel Geldes straff,
Den hab ich vergessen in Gürtel zu tun,
Und merk, was ich dir noch anschaff:
Für heute wird ein Festmahl gericht,
Das muß bereit't sein aufs allerbest
Kommen Verwandte und fremde Gäst.
Der Tisch muß prächtig sein bestellt,
Schick her den Koch, du geh ums Geld.

Szene 2

JEDERMANN

(Mein Haus!) Mein Haus hat ein gut Ansehn, das ist wahr,
Steht prachtvoll da, mächtig, reich,
Kommt in der Stadt kein andres gleich.
Viele Truhen, viele Spind,
Dazu ein großes Hausgesind
Und einen schönen Schatz von gutem Geld
Und vor den Toren manch Stück Feld,
Aus denen ich Zins und Renten zieh,
So dass ich mir wahrlich machen mag
So heut wie morgen fröhliche Tag.
Du! Für heute Abend wird ein Festmahl angericht,
Ich hab befohlen Köstlichkeiten, der Köche allerbeste –
Die Buhle kommt, Verwandtschaft, fremde Gäste,
Bei mir speist heut die noble Welt.
Schick mir den Koch und geh – ums Geld.
Ah, le Maître de cuisine.
Ein köstlich Festmahl befehl ich an
Für heut.

Vogt geht hinein, Koch tritt sogleich auf.

Ein köstlich Mahl befehl ich an
Für heut.

KOCH
Ja, und soll ich dann
Einen jeden Gang bereiten frisch?

JEDERMANN
Daß dich das Fieber rüttel, frisch!
Kein Überbleibsel auf meinen Tisch.

KOCH
Es wär von gestern geblieben die Meng
Zumindest für zwei kalte Gäng.

JEDERMANN
Du Esels-Koch bist so vermessen,
Soll ich eine Bettlermahlzeit essen?

Der Koch geht ab. Der Vogt ist herausgekommen mit einem Beutel.

JEDERMANN *nimmt den Beutel*
Acht du auf meine Mägd und Knecht,
Gefallen mir allermaßen nit recht.

Der arme Nachbar wird sichtbar.
Jedermanns Geselle kommt zugleich.

JEDERMANN *zum Hausvogt*
Dafür stehst du an der obersten Stell,
Daß du auf sie – Da kommt mein Gesell.

KOCH
Ja, und soll ich dann
Einen jeden Gang bereiten frisch?

JEDERMANN
Was meint sie, was soll das heißen, frisch?
Als käm was anderes auf meinen Tisch.

KOCH
Es wär von gestern geblieben die Meng
Zumindest für zwei kalte Gäng.

JEDERMANN *unterbricht*
Gestern? Ist sie so vermessen?
Sollen wir hier eine Bettlermahlzeit fressen?

Hausvogt geht ins Haus.

Hätt beinah müssen auf dich warten,
Wir wollen jetzt vors Stadttor gehen
Und uns dort das Grundstück ansehen
Obs tauglich ist für einen Lustgarten.

GESELL
Hast Fortunati Säckel in der Hand
Dann ist die Sach schon recht bewandt.
Ja, bei dir gilts: gewünscht ist schon getan,
Du hasts danach, drum steht dirs an.

ARMER NACHBAR *hebt bittend die Hände*
Oh, Jedermann, erbarm dich mein.

GESELL
Kennst du leicht das Gesicht?

JEDERMANN
Ich? Wer solls sein?

Hätt beinah müssen auf dich warten,
Lass uns hinein jetzt gehen
Und das Lusthaus ansehen
Obs tauglich ist für unsern Garten.

GESELL
Gewünscht ist schon getan.
Hast Fortunati Säckel in der Hand
Dann ist die Sach schon recht bewandt.

ARMER NACHBAR
Oh, Herr, dich bitt ich überaus,
Wollest dich hilfreich meiner erbarmen,
Mildtätig beistehen einem Armen.

> Oh Herr, gut, dass ich dich seh,
> Ich schäm mich, dass ich hier so vor dir steh.
> Wollest dich hilfreich meiner erbarmen,
> Selbstlos beistehen einem Armen.

GESELL
Wie gesprochen, wir müssen eilen,
Dürfen uns nicht länger verweilen.

ARMER NACHBAR
Oh, Jedermann, erbarm dich mein.

GESELL
Kennst du leicht das Gesicht?

JEDERMANN
Nein! Wer soll das sein?

ARMER NACHBAR
Oh, Jedermann, zu dir heb ich die Hand,
Hab auch einst bessre Tag gekannt.
War einst dein Nachbar, Haus bei Haus,
Dann hab ich müssen weichen draus.

JEDERMANN *gibt ihm eine Münze aus dem Gürtel*
Schon gut!

ARMER NACHBAR *nimmt sie nicht*
Das ist eine Gabe gering.

JEDERMANN
Meinst du? Gottsblut! So reut mich doch das Ding.
Jedermann steckt die Münze wieder ein

ARMER NACHBAR *weist auf den Beutel*
Davon mein nachbarlich Bruderteil,
So wär ich wieder gesund und heil.

JEDERMANN
Davon?

ARMER NACHBAR
Es ist an dem, ich knie vor dir,
Nur diesen Beutel teil mit mir.

JEDERMANN *lacht*
Nur?

GESELL
Selbig ist besessen alls!
Hättst tausend Bettler auf dem Hals.
Was tausend, hunderttausend gleich!

ARMER NACHBAR
Oh, Jedermann, zu dir heb ich die Hand,
Hab auch einst bessre Tag gekannt.
War einst dein Nachbar, Haus bei Haus,
Dann hab ich müssen weichen draus.

JEDERMANN
Schon gut!

ARMER NACHBAR
Das ist eine Gabe gering.

JEDERMANN
Meinst du? So reut mich doch das Ding.

ARMER NACHBAR
Davon mein nachbarlicher Teil,
So wär ich wieder gesund und heil.

JEDERMANN
Davon?

ARMER NACHBAR
Es ist an dem, ich knie vor dir,
Nur dieses Bündel teil mit mir.

JEDERMANN
Nur?

GESELL
Hättst tausend Bettler auf dem Hals.
Was tausend, hunderttausend gleich!

ARMER NACHBAR
Bist allermaßen mächtig reich.
Teilst du den Beutel auf gleich und gleich,
Dir bleiben die Truhen voll im Haus,
Dir fließen Zins und Renten zu.

JEDERMANN
Mann, wer heißt dich, mein Schrank und Truh,
Mein Zins und Rent in Mund nehmen?

GESELL *zu armem Nachbarn*
Ich tät mich allerwegen schämen.

JEDERMANN
Laß! –
Er wendet sich zum Nachbarn
Das Geld ist gar nit länger mein,
Muß heut noch abgeliefert sein
Als Kaufschilling für einen Lustgarten.
Ich steh dem Verkäufer dafür im Wort.
Er will aufs Geld nit länger warten.

ARMER NACHBAR
Wenn dieses Geld für den Garten ist
So brauchts für dich nur einen Wink,
Für einen Beutel hast du zehn.
Heiß einen anderen bringen flink
Den teil mit mir, bist du ein Christ.

JEDERMANN
Der nächste, brächt man ihn herbei,
Der Beutel, der wär auch nit frei.
Mein Geld muß für mich werken und laufen ...
Mit Tod und Teufel hart sich raufen.

ARMER NACHBAR
Bist allermaßen mächtig reich.
Teilst du das Bündel auf gleich und gleich,
Dir bleiben die Truhen voll im Haus,
Dir fließen Zins und Renten zu.

JEDERMANN
Wer hieß dich, meinen Schrank, mein Truh,
Mein Zins und Rent ins Maul zu nehmen?

GESELL
Ich tät mich allerwegen schämen.

JEDERMANN
Du meinst, ich könnte deine Wunden heilen
Und dieses einfach mit dir teilen.
Das Geld ist gar nit länger mein,
Muss heut noch abgeliefert sein
Als Kaufpreis für einen ganz besondren Garten.
Ich steh dem Verkäufer da im Wort.
Er wird aufs Geld nit länger warten.

ARMER NACHBAR
Wenn dieses Geld da für dein Lusthaus ist
Für das du diesen ganzen Platz gekauft, mich ruiniert,
Dann nimm ein andres Bündel Geld, ganz ungeniert,
Und gib es mir ...
Die Kirche ist dann dein, und du bist doch ein Christ.

JEDERMANN
Das nächste, brächt man es herbei,
Das wär genauso wenig frei.
Mein Geld muss für mich werken und laufen ...
Mit Tod und Teufel hart sich raufen.

Weit reisen und auf Zins ausliegen,
Damit ich soll, was mir zusteht, kriegen.
Auch kosten mich meine Häuser gar viel,
Pferd halten, Hund und Hausgesind
Und was die anderen Dinge sind,
Die alleweil zu der Sach gehören,
Lustgärten, Fischteich, Jagdgeheg,
Das braucht mehr Pfleg als ein klein Kind,
„Ein reicher Mann" ist schnell gesagt,
Doch unsereins ist hart geplagt
Und allerwegen hergenommen,
Das ist dir nit zu Sinn kommen!
Da läufts einher von weit und breit
Mit Anspruch und Bedürftigkeit.
Tät unsereins nit der Schritte drei.
Von hier bis an die nächste Wand
Ohn eine allzeit offne Hand.
Ist alls schon recht, muß nur dafür
Ein Fug und ein Gesetz auch walten
Und jeglich Teil daran sich halten,
Und achten gnau was ihm gebühr.
Dawider hast du dich verfehlt,
Wär all mein Geld und Gut gezählt
Und ausgeteilt auf jeden Mann,
Der Almosen gebrauchen kann.
Es käm mein Seel nit mehr auf dich
Als dieser Schilling sicherlich,
Drum empfang ihn unverweil,
Ist dein gebührend richtig Teil.

Nachbar nimmt den Schilling und geht.

„Der reiche Mann“ ist schnell gesagt,
Doch unsereins ist hart geplagt
Ständig in Bedrängnis, Tag und Nacht,
Ja, daran hast du nicht gedacht.
Da hört man weit und breit
Von Anspruch reden, von Bedürftigkeit.
Meint aber, dass unsereins in diesem Land
Nicht einen Schritt macht ohne eine offne Hand.
Ist alls schon gut, muss nur dafür
Recht, Gesetz und Ordnung walten
Und jeder muss sich daran halten,
Weil jeder genau bekommt, was ihm gebührt.
Wär all mein Geld und Gut gezählt
Und ausgeteilt auf jeden Mann,
Der irgendwie bedürftig ist, der’s brauchen kann.
Es käm bei Gott nicht mehr auf dich
Als dieses Geld – dir scheint es kümmerlich.
Doch nimm – da,
Es ist dein gebührend Anteil – ja.

GESELL
Dem hast dus gegeben recht mit Fug,
Ja, das weiß Gott, viel Geld macht klug.

JEDERMANN
Nun wollen wir gehen, es dustert schon.

GESELL
Dem hast du's gegeben recht mit Fug,
Das weiß Gott, viel Geld macht klug.

Schuldknecht kommt, von zwei Bütteln geführt, hinter ihm sein Weib und seine Kinder in Lumpen.

GESELL
Was ist das für einer Mutter Sohn?
Mich dünkt, das geht an ein Schuldturmwerfen,
Hätt sich auch mehr in acht nehmen derfen.
Jetzt muß er's bei Wasser und Brot bedenken
Oder sich an einen Nagel henken.
Ja, Mann, du hast halt ein Reimspiel trieben
Und Schulden auf Gulden, die reimen gar gut.

SCHULDKNECHT
Hat mancher sein Schuldbuch nit in der Hut
Und ist drin vieles in Übel geschrieben.

JEDERMANN
Auf wen geht das?

SCHULDKNECHT
Auf den, der fragt allweil.

JEDERMANN
Bins nit bewußt für meinen Teil,
Weiß nit, für wen du mich willst nehmen.

SCHULDKNECHT
In deiner Haut wollt ich mich schämen.

JEDERMANN
Gibst harte Wort mir ohn Gebühr,
Dir gehts nit wohl, was kann ich dafür?

Szene 3

GESELL
Was ist das für einer Mutter Sohn?
Jetzt muss er es bei Wasser und Brot bedenken
Oder sich an den Nagel henken.
Tja, Mann, hast halt ein Reimspiel trieben
Und Schulden auf Gulden, die reimen gar gut.

SCHULDKNECHTS WEIB
In deiner Haut wollt ich mich schämen.

JEDERMANN
Auf wen geht das?

SCHULDKNECHT
Auf den, der fragt.

JEDERMANN
Ich weiß nicht, wer hier wen verklagt.
Für wen will er mich nehmen?

GESELL
Harte Wort!

SCHULDKNECHT
Für harte Stöß sind sanft meine Wort.

JEDERMANN
Wer stößt dich?

SCHULDKNECHT
Du, an einen harten Ort.

JEDERMANN
Ich kenn dich auch vom Ansehen nit.

SCHULDKNECHT
Ist doch dein Fuß, der auf mich tritt.

JEDERMANN
Das wär mir seltsam, daß ich so tät
Und nichts davon in Wissen hätt.

SCHULDKNECHT
Dein Nam steht auf einem Schuldschein,
Der bringt mich in diesen Kerker hinein.

SCHULDKNECHT
Für harte Stöß sind sanft meine Wort.

JEDERMANN
Wer stößt dich denn?

SCHULDKNECHT
Du.

JEDERMANN
Ich?

SCHULDKNECHT
An einen harten Ort.
Ist doch dein Fuß, der auf mich tritt.
Dein Nam steht auf einem Schuldschein,
Der bringt mich in den Kerker hinein.

JEDERMANN
Ich wasch in Unschuld meine Händ
Als einer, der diese Sach nit kennt.

SCHULDKNECHT
Deine Helfers-Helfer und Werkzeug halt,
Die tun mir Leibes- und Lebensgewalt.
Der Hintermann bist du von der Sach,
Das bring dir zeitlich und ewig Schmach.
In Grund und Boden sollst dich schämen.

JEDERMANN
Wer hieß dich Geld auf Zinsen nehmen?
Nun hast du den gerechten Lohn.
Mein Geld weiß nit von dir noch mir,
Und kennt kein Ansehen der Person.
Verstrichne Zeit, verfallner Tag,
Gegen die bring deine Klag.

SCHULDKNECHT
Wendet sich gegen sein Weib und seine Kinder
Er höhnt und spottet meiner Not!
Da seht ihr einen reichen Mann.

SCHULDKNECHTS WEIB
Kannst du dich nit erbarmen hier
Zerreißen ein verflucht Papier,
Anstatt daß meinen Kindern da
Der Vater wird in Turm geschmissen,
Von dem dir nie kein Leid geschah!
Hast du kein Ehr und kein Gewissen.

JEDERMANN
Ich wasch in Unschuld meine Händ
Als einer, der diese Sach nicht kennt.

SCHULDKNECHT
Der Hintermann bist du von der Sach,
Das bringt dir zeitlich und ewig Schmach.
In Grund und Boden sollst dich schämen.

JEDERMANN
Wer hieß dich Geld auf Zinsen nehmen?
Mein Geld weiß nit von dir noch mir,
Es kennt kein Ansehen der Person.
Verstrichne Zeit, verfallne Tag,
Gegen die bring deine Klag.

SCHULDKNECHT
Oh dieser Spott, und lügt mir ins Gesicht.
Hier seht ihr einen reichen Mann.

SCHULDKNECHTS WEIB
Kannst du dich nicht erbarmen hier
Und zerreißen ein verflucht Papier,
Anstatt dass meinen Kindern da
Der Vater da wird weggerissen,
Von dem dir nie ein Leid geschah!
Hast du kein Ehr und kein Gewissen.

JEDERMANN
Weib, du sprichst was du schlecht verstehst,
Es ist aus Bosheit nit gewest
Man hat sich voll und recht bedacht,
Eh man die scharfe Klag einbracht.

GESELL
Wär schimpflich um die Welt bestellt
Wenns anders herging in der Welt.

JEDERMANN
Geld ist wie eine andere War,
Das sind Verträg und Rechte klar.

SCHULDKNECHT
Geld ist nicht so wie andre War
Ist ein verflucht und zaubrisch Wesen,
Wer seine Hand ausreckt darnach
Nimmt an der Seele Schaden und Schmach,
Davon er nimmer wird genesen.
Des Satans Fangnetz in der Welt
Hat keinen andern Nam als Geld.

JEDERMANN
Sie redet über Dinge, die sie schlecht versteht.
Im Zweifel hat man sich sehr wohl bedacht,
Erst dann hat man die Klage eingebracht.
Geld ist wie eine andere War,
Da sind Verträge, Rechte klar.

GESELL
Und es wär schimpflich um die Welt bestellt
Wenn's anders herging in der Welt.

SCHULDKNECHT
Geld ist nicht so wie andre Ware
Ist ein verflucht und zaubrisch Wesen,
Wer seine Hand ausreckt darnach
Nimmt an der Seele Schaden und Schmach,
Von der er nimmer wird genesen.
Satans Fangnetz in der Welt
Hat keinen andern Nam als Geld.

JEDERMANN

Du lästerst als ein rechter Narr,
weiß nicht, wozu ich hier verharr,
Gibst vor, du achtest das Geld gering
Und war dir schier ein göttlich Ding!
Nun möchtest ihm sein Ansehen rauben?
Bist wie der Fuchs mit sauren Trauben.
Nimm die Belehrung von mir an.
Das war ein weiser und hoher Mann
Der uns das Geld ersonnen hat,
An niederen Tauschens und Kramens statt.
Dadurch ist unsere ganze Welt
In ein höher Ansehen gestellt
Und jeder Mensch in seinem Bereich
Schier einer kleinen Gottheit gleich.
Daß er in seinem Machtbezirk
Gar viel hervorbring und bewirk.
Gar vieles zieht er sich herbei
Und ohn viel Aufsehen und Geschrei
Beherrscht er abertausend Händ,
Ist allerwegen ein Regent.
Da ist kein Ding zu hoch noch fest,
Das sich um Geld nicht kaufen läßt.
Darüber weiß ich keine Gewalt,
Vor der muß jeglicher sich neigen
Und muß die Reverenz bezeigen
Dem, was ich da in Händen halt.

JEDERMANN
Du lästerst als ein rechter Narr,
Das ist verdreht, bizarr.
Gibst vor, du achtest Geld gering
Es war dir doch schier ein göttlich Ding!
Nun möchtest ihm sein Ansehen rauben?
Bist wie der Fuchs mit sauern Trauben.
Doch wer so hinterm Rücken schmäht,
Der findt keinen Glauben als Prophet.

SCHULDKNECHT
Aus diesem Leid hab ich Gewinn
Dass ich vermag in meinem Sinn
Den Teufelsfallstrick zu erkennen
Und meine Seel vom Geld abtrennen.

GESELL
Geld ist schon abgetrennt von dir
Drum hast ja dort im Turm Quartier.

JEDERMANN
Nein – Nimm das als Lehre, als Erkenntnis an.
Das war eine große weise Tat,
Dass man uns das Geld ersonnen hat,
An niederen Tauschens, an Kramens statt.
Dadurch ist unsere ganze Welt
In ein hohes Ansehen gestellt
Und jeder Mensch in seinem Machtbereich
Schier einer kleinen Gottheit gleich.
Da ist kein Ding so hoch noch fest,
Das sich um Geld nicht kaufen lässt.
Darüber weiß ich keine höhere Gewalt,
Vor der muss jedermann sich neigen
Und muss die Reverenz bezeigen
Dem, was ich da in Händen halt.

SCHULDKNECHTS WEIB
Du bist in Teufels Lob nit faul,
Wie zu der Predigt geht dein Maul.
Gibst da dem Mammonsbeutel Ehr,
Als obs das Tabernakel wär.

JEDERMANN
Ich gebe Ehr, wem Ehr gebühr,
Und läster nicht, wo ich die Macht verspür.

SCHULDKNECHT *indem ihn die Büttel fortschleppen*
Was hilft dein Weinen, liebe Frau,
Der Mammon hat mich in der Klau.
Warum hab ich mich ihm ergeben?
Nun ists vorbei mit diesem Leben.
Sie führen ihn ab.

SCHULDKNECHTS WEIB
Kannst du das sehn und stehst wie Stein?
Wo bett ich heut die Kinder mein?

JEDERMANN *zum Gesellen*
Tu mirs zulieb, geh da hint nach
Und sieh im stillen zu der Sach.
Der Mann kommt in Turm, da mag nichts frommen;
Dem Weib gewähr ich ein Unterkommen.
Und was sie nötig hat zum Leben
Zusamt den Kindern, das will ich ihr geben.
Mein Hausvogt soll mir darnach sehn
Und ihr freimachen eine Kammer,
Doch will ich Plärrens ledig gehen,
Ihre Not nicht wissen, noch Gejammer.
Das ist ein erzverdrießlich Sach:
Man lebt geruhig vor sich hin

SCHULDKNECHTS WEIB
Du bist im Teufelslob nicht faul,
Wie zu der Predigt geht dein Maul.
Gibst da dem Mammonsbeutel Ehr,
Als ob's das Tabernakel wär.

JEDERMANN
Ich gebe Ehr, wem Ehr gebührt,
Und lästre nicht, wo jeder doch die Macht verspürt.

SCHULDKNECHT
Was hilft dein Weinen, liebe Frau,
Der Mammon hat uns in der Klau.
Auch ich hab mich ihm hingegeben,
Nun ist's vorbei mit diesem Leben.

SCHULDKNECHTS WEIB
Kannst du das sehn und stehst wie Stein?
Wo bett ich heut die Kinder mein?

JEDERMANN ZUM GESELLEN
Tu mir's zulieb, geh ihr nach
Und kümmre dich um diese Sach.
Der Mann wird ja dem Turm nicht mehr entkommen,
Der Frau gewähre ich ein Unterkommen.
Sie kann bei uns hier leben, ohne Frist.
Der Vogt soll ihr und ihren Kindern
Etwas bereiten – eine Kammer,
Doch will ich kein Geplärre hören,
Keine Vorwürf, kein Gejammer.
Es ist schon erzverdrießlich, diese Sach:
Man wird ganz plötzlich, ohne jeden Grund
Hineingezogen in den Gestank der Armut, in einen
Höllenschlund,

Hat wahrlich Böses nit im Sinn
Und wird am allerschönsten Tag
Hineingezogen und weiß nit wie
In Hader, Bitternis und Klag
Und aufgescheucht aus seiner Ruh.
Ich frag dich, wie komm ich dazu:
Was geht mich an dem Kerl sein Taglauf?
Er hats halt angelegt darauf,
Nun steckt er drin, schreit ach und weh
Das folgt halt wie aufs A das B.
Ein Häusl baun mit fremden Geld,
Wer also haust, um den ists so bestellt.
Das ist seit Adams Zeit der Lauf,
ist nit erst kürzlich kommen auf.
Doch nun begleit mich mein Gesell
Zum Grundstück wolln wir gehen und schnell
Ist doch der einzige Ort in der Welt,
Wo nichts mir meine Freud vergällt.
Der Garten zusamt dem Lusthaus drein
Soll alls für meine Freundin sein
Ist recht ein paradiesisch Gut,
Was ihre Lieb mir bereiten tut.
Darum hab ich im Willen dies Ding;
Daß ich ein Angebind ihr bring,
Darin ich wie in einem Gleichnis und Spiegel
Ihr meine Dankbarkeit besiegel.

GESELL
Wie willst das tun, in welcher Weis?

Und aufgescheucht aus seiner Ruh.
Ich frag dich, wie komm ich dazu:
Was geht mich an, was dieser Kerl verliert?
Er dachte wohl, auch er wär raffiniert.
Ein Haus baun mit fremdem Geld,
Wer Schulden macht, um den ist's so bestellt.
Das ist seit Adams Zeit der Lauf,
Und nicht erst kürzlich kommen auf.
Nun aber, dass ich's ehrlich sag,
Steht mir der Sinn nicht mehr danach,
Den Tempel unsrer Lüste anzuschauen.
Tu mir den Dienst, dir kann ich ja vertrauen.
Trag du den Kaufpreis zu den Pfaffen,
Das Versäumnis könnt uns Ärger schaffen.
Das Haus der Lüste, alles drum herum,
Wird ein Geschenk für meine Muse, wird ihr Lohn,
Ihr Elysium, meine Passion.

GESELL

In welcher Weis, wie wird's getan?

JEDERMANN

Dazu richt ich den Garten mit Fleiß
Und stell inmitten ein Lusthaus hin,
Das bau ich recht nach meinem Sinn
Als einen offenen Altan
Mit schönen steinernen Säulen daran
Auch springende Wasser und erzene Bild
Die sollen nicht fehlen zur vollen Zier
Und dann ich die Anlag also führ,
Daß unter dem Morgen- und Abendwind
Ein Ruch von Blumen mancher Art
Daherstreich allezeit gelind
Von Lilien, Rosen und Nelken zart.
Auch führ ich jederseits Gäng und Bogen
Von Buschwerk alls so dicht gezogen,
Daß eines noch zu hellem Mittag
Sich Kühl und Frieden finden mag
Und einen ungequälten Ort,
Der von der Sonne niemals dorrt.
Desgleichen an einer verborgenen Stätte
Recht wie der Nymphe quillend Bette
Laß ich aus kühlem glatten Stein
Eine fließende Badstub errichtet sein.

GESELL

Das wird ein köstlich Gärtlein, fürwahr,
Und seinesgleichen nit leicht zu finden.

JEDERMANN

Das will ich meiner Liebsten einbinden
Und nehm sie dann an beide Händ
Und führ sie hinein, damit sie erkennt
In diesem Gärtlein köstlich und mild
Ihr eigen abgespiegelt Bild.

JEDERMANN *im Charakter eines Extempores*
Darauf verfing sich ja der große Plan.
Ich leg hier einen Garten an, – hier rundherum;
Den Dom mit Platz, den bau ich um,
Das Dach kommt weg, – die Heiligen, alles weg
Der Altar drinnen bleibt, mit neuem Zweck.
Die Kuppel wird das neue Maß,
Alumnium und Glas.
Ein Ort mit überirdschen Dimensionen,
Dort werden meine Lust und meine Buhle wohnen.
Und in der Nische, da wo's Taufbecken stand,
Da richt ich eine Badestube ein.
Aus Marmor, reich verziert.
Ein abgeschirmter Ort und mein Refugium,
(zugänglich auch fürs Publikum.)

GESELL
(Das wäre eine ganz besondre List!)

JEDERMANN
(Weil das dann eben abzusetzen ist.)

GESELL
Das wird ein Tempel, ach du lieber Christ,
Und seinesgleichen kaum zu finden.

JEDERMANN
Und das will ich heute Abend meiner Liebsten
einbinden
Ich werd die Buhle in den Liebestempel führen,
Damit man hier in diesem Monument
Den Spiegel meiner selbst erkennt.
Hortus apertus, nicht conclus',
Meine Madonna! Mein Genuss!

GESELL
Da seh ich deine Frau Mutter kommen,
Wird dir jetzt die Begegnung frommen?

JEDERMANN
Drück mich nit gern vor ihr beiseit,
Hab aber wahrlich nit viel Zeit.
Geh du, bring mir zurecht die Ding,
Indessen ich meinen Gruß darbring.

GESELL
Ich bring dir den Kaufbrief gleich dahin
Ausgefertigt nach deinem Sinn.

GESELL
Da seh ich deine Mutter kommen,
Wird dir jetzt die Begegnung frommen?

JEDERMANNS MUTTER
Bin froh, mein Sohn, daß ich dich seh,
Geschieht mir so im Herzen weh,
Daß über weltlich Geschäftigkeit
Dir bleibt für mich geringe Zeit.

JEDERMANN
Die Abendluft ist übler Art
Und deine Gesundheit gebrechlich und zart,
Kann dich mit Sorgen nur hier sehn
Möchtest nit ins Haus eingehn?

JEDERMANNS MUTTER
Gehst du dann mit und bleibst daheim?

JEDERMANN
Für diesen Abend kanns nit wohl sein.

JEDERMANNS MUTTER
So darfst dich nit verdrießen lassen,
Daß ich dich halt hier auf der Gassen.

JEDERMANN
Ist mir gar sehr um deine Gesund...
Vielleicht wir könnten zu anderer Stund –

JEDERMANNS MUTTER
Um meine Gesundheit kein Sorg nit hab,
Ich steh mit einem Fuß im Grab.
Mir gehts nit um mein zeitlich Teil,
Doch dester mehr ums ewig Heil.
Verziehst du dein Gesicht, mein Sohn,

Szene 4

JEDERMANNS MUTTER
Bin froh, mein Sohn, dass ich dich seh,
Geschieht mir so im Herzen weh,
Dass über weltliche Geschäftigkeit
Dir bleibt für mich geringe Zeit.

JEDERMANN
Die Abendluft ist von einer Art
Und deine Gesundheit gebrechlich und zart,
Kann dich mit Sorgen nur hier sehn
Möchtest nit lieber ins Haus eingehn?

JEDERMANNS MUTTER
Gehst du dann mit und bleibst daheim?

JEDERMANN
Für diesen Abend, nein, kann's wohl nit so sein.

JEDERMANNS MUTTER
So darfst dich nit verdrießen lassen,
Dass ich dich halt hier auf der Gassen.

JEDERMANN
Es ist mir gar sehr um deine Gesund...
Vielleicht könnten wir zu anderer Stund –

JEDERMANNS MUTTER
Um meine Gesundheit kein Sorg nit hab,
Ich steh mit einem Fuß im Grab.
Mir geht's nicht um mein zeitlich Teil,
Doch umso mehr ums ewige Heil.
Verziehst du wieder dein Gesicht, mein Sohn,

Wenn ich die Red anheb davon?

JEDERMANN
Frau Mutter, spotten ist mir fern
Doch weiß ich, die Pfaffen drohen halt gern.
Das ist nun einmal ihr Sach in der Welt,
Ist abgesehen auf unser Geld,
Damit sies bringen auf ihre Seit,
Sie wissens zu fädeln gar gescheit.
Doch kränkts mich, wie sie Alten und Kranken
In Kopf nichts bringen als finstre Gedanken.

JEDERMANNS MUTTER
Die Finsternis ist wo anders dicht,
Doch solche Gedanken sind hell und licht.
Wer recht in seinem Leben tut,
Den überkommt ein starker Mut
Und ihn erfreut des Todes Stund,
Darin ihm Seligkeit wird kund.
Oh, wem die Stunde des Tods allweg
Recht wohl betracht am Herzen läg,
Um den braucht einer Mutter Herz
Nit Sorgen tragen und üblen Schmerz.

JEDERMANN
Wir sind gute Christen und hören Predig,
Geben Almosen und sind ledig.

JEDERMANNS MUTTER
Mein Sohn, es ist ein arg Ding zu sterben,
Doch ärger noch auf ewig verderben.

Wenn ich die Red anheb davon?

JEDERMANN

Mutter, spotten ist mir fern
Doch weiß ich auch, die Pfaffen drohen halt gern.
Das ist nun einmal ihre Sache in der Welt,
Ist abgesehen auf unser Gut und Geld,
Doch kränkt's mich, wie sie den Älteren und den Kranken
In den Kopf nichts andres bringen als finstre Gedanken.

JEDERMANNS MUTTER

Die Finsternis ist wo anders dicht,
Doch solche Gedanken sind hell und licht.
Wer recht in seinem Leben tut,
Den überkommt ein starker Mut
Die Stunde seines Todes ist ein Glück,
Sie bringt das Gute ihm zurück.
Oh, wem die Stunde seines Todes jederzeit
Am Herzen läg, ganz ohne Bitterkeit,
Um den braucht einer Mutter Herz
Nicht Sorgen tragen und keinen Schmerz.

JEDERMANN

Wir sind gute Christen, wir hören die Predigt
Wir geben Almosen und sind ledig.

> Ich bin ein Mensch, ich hör die Predigt, stopf den Bauch
> Von jedermann, und ledig bleib ich auch.

JEDERMANNS MUTTER

Mein Sohn, es ist ein arg Ding zu sterben,
Doch ärger noch auf ewig verderben.

JEDERMANN
Auf vierzig Jahre bin ich kaum alt,
Mich wird eins halt nit mit Gewalt
Von meinen irdischen Freuden schrecken.

JEDERMANNS MUTTER
Willst du den Kopf in den Sand stecken
Und siehst den Tod nit, Jedermann,
Der mag allstund dich treten an?

JEDERMANN
Bin jung im Herzen und wohl gesund
Und will mich freuen meine Stund,
Es wird die andre Zeit schon kommen,
Wo Buß und Einkehr mir wird frommen.

JEDERMANNS MUTTER
Das Leben flieht wie Sand dahin,
Doch schwer umkehret sich der Sinn.

JEDERMANN
Frau Mutter, mir ist das Reden leid,
Hab schon gesagt, hab heut nit Zeit.

JEDERMANNS MUTTER
Mein guter Sohn, ich hab ein Ahnen,
Ich werd dich nimmer lang ermahnen.
Fall dir zur Last noch kurze Zeit,
Weil ich von hier mich bald abscheid.

Wie willst du beim Posaunenschallen
Von deinem Übermaß in allem,
Von deinem Leben eine Rechnung geben?
Hier ewiger Tod, hier ewiges Leben?

JEDERMANN
Sterben ... Verderben ...
Fünfzig Jahre bin ich ... grad drüber ... bin kaum alt,
Ich werd schon nicht so bald
Aus meiner irdischen Glückseligkeit verbannt.

JEDERMANNS MUTTER
Steckst du den Kopf jetzt in den Sand
Und siehst den Sinn nicht, Jedermann,
Nach dem dich jeder stündlich fragen kann.

JEDERMANN
Bin kerngesund im Herzen, fühl mich jung
Und frei und immer auf dem Sprung.
Es wird die andre Zeit schon kommen,
Wo Buß und Einkehr mir wird frommen.

JEDERMANNS MUTTER
Das Leben flieht wie Sand dahin,
Doch schwer nur wendet sich der Sinn.

JEDERMANN
Mutter, mir ist das Reden leid,
Hab, wie gesagt, heut wenig Zeit.

JEDERMANNS MUTTER
Mein guter Sohn, ich hab ein Ahnen,
Ich werd dich nimmer lang ermahnen.
Fall dir zur Last noch kurze Zeit,

JEDERMANN
Was soll –

JEDERMANNS MUTTER
Du bist ein stattlicher Mann
Und Fraulieb steht dir wohl an.
Willst stets in arger Zucht umtreiben
Und fremd die heilige Eh dir bleiben?

JEDERMANN
Frau Mutter, die Red ist mir bekannt.

JEDERMANNS MUTTER
Hat doch dein Herz nit umgewandt.

JEDERMANN
Ist halt noch allweil die Zeit nit da.

JEDERMANNS MUTTER
Und doch der Tod schon gar so nah.

Ich bin sehr bald von all dem hier befreit.
Doch du bleibst dann allein dahint
Und bist mein unberaten Kind.
Dein Leben ist allein doch leer,
Und ohne einen Menschen, der mit dir geht, schwer.

JEDERMANN
Was soll –

JEDERMANNS MUTTER
Du bist ein stattlicher Mann
Und Frauenlieb steht dir wohl an.
Und hat denn unsrer Erlöser nicht,
Der weiß, woran es uns gebricht,
Was dich so übermütig macht,
Mit einem Sakrament bedacht?

JEDERMANN
Mutter, diese Red ist mir bekannt.

JEDERMANNS MUTTER
Hat doch dein Herz nit umgewandt.

JEDERMANN
Ist halt allweil Lust und Zeit nit da.

JEDERMANNS MUTTER
Und doch der Tod schon gar so nah.

JEDERMANN
Ich sag nicht ja, sag auch nicht nein.

JEDERMANNS MUTTER
So muss ich immerzu in Ängsten sein.

JEDERMANN
Auch morgen ist halt noch ein Tag.

JEDERMANNS MUTTER
Wer weiß, wer den noch sehen mag.

JEDERMANN
Macht Euch nit unnütze Beschwerden,
Ihr seht mich sicher noch ehlich werden.

JEDERMANNS MUTTER
Mein guter Sohn, für dieses Wort
Will ich dich segnen immerfort,
Daß du mir so geantwort hast,
Nimmt von der Brust mir schwere Last.

JEDERMANN
Viel gute Nacht, Frau Mutter nun,
Ich wünsch, du mögest sänftlich ruhn.

JEDERMANNS MUTTER
So will ich, mein lieber guter Sohn,
Und ist mir doch als ob ein Ton
Gar schön wie Flöten und Schalmein
In deine Worte tön herein ...
An solchen Zeichen und Gesicht
Mirs dieser Tage nit gebricht.
Ich nehm sie als eine Vermahnung hin,
Daß bald ich eine Sterbende bin.
Geht.

JEDERMANN
Nein. Ja. Auch morgen, übermorgen ist ein Tag.

JEDERMANNS MUTTER
Wer weiß, wer den noch sehen mag.

JEDERMANN
Macht Euch nicht unnütze Beschwerden,
Wer weiß, vielleicht, Ihr seht mich schon noch ehlich werden.

JEDERMANNS MUTTER
Mein guter Sohn, für dieses Wort
Will ich dich segnen immerfort,
Dass du jetzt so geredet hast,
Nimmt von der Brust mir schwere Last.

JEDERMANN
Viel gute Nacht, Frau Mutter nun,
Ich wünsch, du mögest sänftlich ruhn.

JEDERMANNS MUTTER
So will ich, mein lieber guter Sohn,
Und ist mir doch als ob ein Ton
Gar schön wie Flöten und Schalmein
Aus deinen Worten klingen ...
Solch Zeichen und Gesichter seh ich
Dieser Tage häufig – seltsam, wunderlich.
Ich nehm sie als eine Vermahnung hin,
Dass bald ich eine Sterbende bin.

(Dass ich dem Tod sehr nahe bin.)

JEDERMANN
Nun hör ich auch ein solch Getön,
Sollt also seltsam dies zugehn?
O, nein, das geschieht natürlicher Weis
Wie wohl ichs noch nit zu deuten weiß.
Nun aber gehts nit bloß ins Ohr,
Tritt auch den Augen was hervor. –

Buhlschaft kommt.

Das ist ja meine Buhle wert,
Nach der mein Herz schon hart begehrt.
Hat Spielleut mit eine ganze Schar
Und kommt mich abzuholen gar.

BUHLSCHAFT
Wer alls lang auf sich warten läßt
Und ist der wertest aller Gäst,
Den muß man mit Zimbeln und Windlicht
Abholen und führen zu seiner Pflicht.

JEDERMANN
Du schlägst die Lichter mit eigenem Schein,
Deine Red ist süßer als Schalmein,
Ist alls für mich zu dieser Stund
Wie Balsam für die offne Wund.

BUHLSCHAFT
War mir doch, eh ich zu dir trat,
Als ob dir jemand nahe tat
Und wär dein helle Stirn und Wangen
Von einer Trübnis überhangen.

Szene 5

JEDERMANN
Nun hör ich auch ein solch Getön,
Seltsam, unwirklich und schön.
Nun aber geht's nit bloß ins Ohr,
Tritt auch den Augen was hervor. –
Oh meine Göttin, heiß begehrt,
Nach der mein Herz sich wild verzehrt.
Hat Spieler mit – ja – eine ganze Schar
Kommst du mich abzuholen gar.

BUHLSCHAFT
Wer alls lang auf sich warten lässt,
Und ist der wertest aller Gäst,
Der muss Musik und Lichter spüren,
Dann kann man feurig ihn verführen.

JEDERMANN
Du schlägst die Lichter mit dem eigenen Schein,
Dein Auge taucht mich in ein Flammenmeer,
Brennt nieder, was im Innern tot und leer.
Sprengst ums Herz die ewgen Ketten
Und wirst die „arme Seel" mit Lust mir retten.

BUHLSCHAFT
War mir doch, eh ich zu dir trat,
Als ob dir jemand nahe tat
Und als wär dein helle Stirn und Wangen
Von einer Trübnis überhangen.

JEDERMANN
Wie, gelt ich also viel vor dir,
Daß du solch Ding erspähst an mir?
So bin ich dir wahrhaftig dann,
Kein ältlich, unbequemer Mann?

BUHLSCHAFT
Mit dieser Red geschieht mir weh,
Dess' ich zu dir mich nit verseh.
Steh nit auf grüne Buben an,
Du bist mein Buhl und lieber Mann.

JEDERMANN
Fühl mich wahrhaftig herzensjung
Und selber bubenhaft genung,
Und wenn ich alls kein Bub mehr bin ...
So zärtlicher ist drum mein Sinn.

BUHLSCHAFT
Ein Bub liebt frech und ohne Art,
Ein Mann ist großmütig und zart.
Hat milde Händ und steten Sinn,
Das zieht zu ihm die Frauen hin.

JEDERMANN
Wenn eins gemahnt wär an den Tod
Und hätt Melancholie und Not
Und säh auf deine Lieblichkeit,
Dem tät sein trübes Denken leid.

BUHLSCHAFT
Das Wort allein macht mir schon bang,
Der Tod ist wie die böse Schlang,
Die unter Blumen liegt verdeckt,
Darf niemals werden aufgeweckt.

JEDERMANN
Hast du solch einen Blick für mich,
Bis tief hinab ins innre Ich?
So bin ich dir wahrhaftig dann,
Macht nicht das Geld allein den Mann?

BUHLSCHAFT
Mit dieser Red tust du mir weh,
Weil ich dich mit dem Herzen seh.

JEDERMANN
Mit dir bin ich wahrhaft jung und wild,
Verglüh in deinem Sternenbild.
Die Wahrheit, Buhle, die ist nackt,
Die man mit allen Sinnen packt.
Und wenn ich alls kein Bub mehr bin …

BUHLSCHAFT
Ein Bub liebt frech und ohne Art,
Und ist zu früh, wenn man sich paart,
Ein Mann hat an den Händen zarte Schatten,
Die Lust mit immer weitrer Lust begatten.

JEDERMANN
Verlangen, Lieben, Sterben, – eins,
Und wenn ich alles drum verlier, ’s ist meins,
Nur deinen Reiz und Anmut will ich sehen,
Im Lustgebet mit dir im Tod vergehen.

BUHLSCHAFT
Das Wort allein macht mir schon bange,
Der Tod, ist der nicht wie die Schlange,
Sie schlingt sich unvermeint um deinen Hals,
Denn dieser Tanz ist ihre Balz.

JEDERMANN
Du Süße, schaff ich dir noch Sorgen?
Wir lassen sie unter Blumen verborgen
Und wissen nirgend nichts von Schlangen,
Als zweien, die gar hold umfangen.

BUHLSCHAFT
Wie, wären die mir auch bekannt,
Wie werden diese denn genannt?

JEDERMANN
Das sind die lieben Arme dein,
In diese sehn ich mich hinein.

JEDERMANN
Wir wissen nirgends nicht von Schlangen,
Als diese, die uns nun umfangen.
Die wie Efeu uns umringen,
Das Leben aus dem Rhythmus bringen.
Mein Du-mit-mir!

BUHLSCHAFT
Wir sind ein Tier, – und mit zwei Rücken
Die gegenseitig sich erdrücken.

JEDERMANN
Du und ich, wir brauchen keine Welt.
Wir sind die Welt!

Szene 6

GOTT DER HERR STIMME

Es ist genug. Ich mag länger das nit ertragen,
Dass alle Kreatur ihr Herz verhärtet gegen mich.
Sie kennen mich nicht mehr für ihren Gott,
So dass sie ohne Sinn von mir
Niedriger leben als das Getier.
Ihr geistiges Auge ist erblindt,
In Sünd ersoffen, das ist, was sie sind.
Allein von Hab und Gut zerfressen,
Haben sie den Bund vergessen,
Den ich mit ihnen einst geschlossen hab.
Damit sie Leben und Barmherzigkeit erlangen,
Bin ich am Marterholz gehangen.
Drum will ich in rechter Eil Gerichtstag halten über sie
Und Jedermann richten nach seinem Teil.
Wo bist du, Tod, mein starker Bot? Tritt vor mich hin.

TOD

Allmächtiger Gott, hier sieh mich stehn,
Nach deinem Befehl will ich botengehn.

GOTT DER HERR STIMME

Geh du zu Jedermann
Und zeig in meinem Namen ihm an:
Er muss eine Pilgerschaft antreten
Mit dieser Stund und heutigem Tag
Dass er sich nit entziehen mag.
Und heiß ihn mitbringen sein Rechenbuch
Und dass er nit Aufschub noch Zögerung such.

TOD

Herr, ich will die ganze Welt abrennen
Und sie heimsuchen Groß und Klein,

Die Gotts Gesetze nit erkennen
Und unter das Vieh gefallen sein.
Der, der sein Herz hat auf irdisch Gut geworfen,
Den will ich mit einem Streich treffen,
Dass seine Augen brechen
Und er nit findt die Himmelspforten
Es sei denn, dass Almosen und Mildtätigkeit
Befreundt ihm wären und hilfsbereit.

Jedermann und Buhlschaft. Die Gäste kommen.

JEDERMANN
Seid allesamt willkommen sehr,
Erweist mir heut die letzte Ehr.

KOCH
Das ist ein sonderlicher Gruß.

DICKER VETTER
Potz Maus, mein Vetter Jedermann,
Wie grüßt Ihr uns, was ficht Euch an?

BUHLSCHAFT
Was ist dir, was schafft dir Verdruß?

JEDERMANN
Ist unversehens zu Mund so kommen,
Ich heiß euch alle recht schön willkommen!

BUHLSCHAFT
Nehmt, wie der Sinn euch steht, die Plätz!
Ich bitt' dich, lass mich runter jetzt
Was stehst du da und siehst so fremd?

Sie setzen sich.

JEDERMANN
Sie sitzen ja alle im Totenhemd!

BUHLSCHAFT
Was ficht dich an, bist du mir krank?

Szene 7

JEDERMANN
Seid allesamt willkommen sehr,
Einem erweisen wir heut die letzte Ehr.
Vielleicht bin ich's, bist du's?

KOCH
Das ist ein sonderlicher Gruß.

DICKER VETTER
Potz Maus, mein Vetter Jedermann,
Wie grüßt Ihr uns, was ficht Euch an?

BUHLSCHAFT
Was ist dir, was schafft dir Verdruss?

JEDERMANN
Das kam mir grad so in den Sinn,
Ich grüße euch, ich weiß wohl, wer ich bin!

BUHLSCHAFT
So setzt euch doch, wo's euch gefällt.
Schenkt ein, um alles in der Welt!
Was stehst du da und schaust so fremd?

JEDERMANN
Die sitzen ja alle im Totenhemd!

BUHLSCHAFT
Was ficht dich an, bist du mir krank?

JEDERMANN
Haha! ein ungereimter Gedank!
Ich trink jetzt einen Becher Wein,
Der macht das Hirn von Dämpfen rein.

BUHLSCHAFT
Sitz … red zu ihnen ein freundlich Wort …

JEDERMANN
Ihr Leute, seid ihr auch recht am Ort?
Ihr sehet mächtig fremd mir aus.
Ein Schweigen.

DÜNNER VETTER
Wollt Ihr uns wiedrum treiben fort?
Potz Donner, Vetter Jedermann.

DICKER VETTER
Das schafft Ihr nicht so leicht, Potz Maus,
Dazu ist Euer Koch zu gut,
Auch geht der Wein recht warm ins Blut,
Freu mich, daß ich hier seßhaft bin.

JEDERMANN
Jawohl … nur bloß … mir steht zu Sinn,
Wie ihr da seid hereingelaufen,
So könnte ich euch alle kaufen
Und wiederum verkaufen auch
Daß es mir nit so nahe ging
Als eines Fingernagels Bruch.

KOCH
Was soll uns dieser grobe Spruch?

JEDERMANN
Ein ungereimter Gedank!
Ich trink jetzt einen guten Wein,
Der macht das Hirn von Dämpfen rein.

BUHLSCHAFT
Red zu ihnen ... Sag ein Wort ...

JEDERMANN
Warum bist du hier? Seid ihr auch hier am rechten Ort?
Ihr seht so seltsam, so mächtig fremd mir aus.

DÜNNER VETTER
Was, Vetter, – schmeißt Ihr uns jetzt raus?

DICKER VETTER
Das schafft Ihr nicht so leicht, Potz Maus,
Dazu ist Euer Koch zu gut,
Auch geht der Wein recht warm ins Blut,
Freu mich, dass ich hier sesshaft bin.

JEDERMANN
Eben! Das kam mir grade in den Sinn,
Wie ihr so seid dahergelaufen,
So als könnte ich euch alle kaufen
Und wiederum verkaufen auch,
Und dass es mir so nah nicht ging
Wie eines Fingernagels Bruch.

GAST/KOCH
Was soll uns dieser grobe Spruch?

DÜNNER VETTER
Was meint er nur mit diesem Ding?

DICKER VETTER
Die Reden sind sonst nit sein Brauch.

BUHLSCHAFT
Geht die Red gleicherweis auf mich?

JEDERMANN *sieht sie an.*

KOCH
Ist recht eines reichen Mannes Red,
Gar überfrech und aufgebläht.

BUHLSCHAFT
Dein Blick ist starr und fürchterlich,
Für was willst du mich strafen, sprich.

JEDERMANN
Dich strafen, Süße, ist mir fern,
Lieb dich gleich meinem Augenstern,
Hab müssen denken von ungefähr,
Wie deine Miene beschaffen wär,
Wenn dir auf eins zukäm die Kund
Daß ich müßt sterben zu dieser Stund?

BUHLSCHAFT
Um Christi Willen, was ficht dich an?
Mein Buhle traut, mein lieber Mann,
Ich bin bei dir, sieh doch auf mich,
Dein bin ich heut und ewiglich.

DICKER VETTER
Solche Reden sind sonst nit sein Brauch.

GAST/KOCH
Ist eines reichen Mannes Red,
So frech und übermäßig aufgebläht.

BUHLSCHAFT
Geht die Red gleicherweis auf mich?
Dein Blick ist starr und fürchterlich,
Für was willst du mich strafen? Mich?!

JEDERMANN
Dich strafen, Liebe, ist mir fern,
Du bist mir doch der Augenstern,
Hab müssen eben grade daran denken,
Würdst du mir weiter deine Liebe schenken,
Wenn ich aus irgendeinem Grund
Nun sterben müsst, jetzt, zu dieser Stund?

BUHLSCHAFT
Was ist dir, warum bist du so?
Du bist doch sonst so anders froh?
Ich bin dein „Du mit mir“, jetzt schau mich an,
Und du bist hier, mein lieber Mann.

JEDERMANN
Wenn ich dann spräch: Bleibst du bei mir?
Willst dort bei mir sein so wie hier?
Willst mich geleiten nach der Stätte
Und teilen mein eiskaltes Bette?
Fielest ohnmächtig mir zu Füßen,
So hätte ich meine Frag zu büßen!
Wollt ich trotzdem des Wegs Dich locken
Tät dir das Blut in Adern stocken,
Wäre mir gedoppelt Marterqual
Und Gall und Essig allzumal,
Wenn ich müßt sehen mit eigenen Augen
Wie deine süßen Schwür nit taugen
Und wie du lösest deine Händ
Aus meinen Händen gar am End
Und deinen Mund von meinem Mund
Abtrennest in der letzten Stund.

BUHLSCHAFT
Ihr lieben Vettern und Leut,
Mein Liebster ist besonders heut,
Er sitzt nit fröhlich und gepaart
Und redt von Dingen aus der Art.
Hab nie zuvor ihn so gesehn,
Weiß nit was ihm mag sein beschehen.

DÜNNER VETTER
Potz Donner, Vetter Jedermann,
Habt Ihr leicht die Melancholie?
Wenn nit, was sonsten ficht Euch an?

JEDERMANN
Mein „Du mit mir“, bleibst du bei mir?
Willst du auch dort mit mir sein so wie hier?
Willst du geleiten mich zu dieser Stätte
Und teilen mein eiskaltes Bette?
Fielest ohnmächtig mir zu Füßen,
So hätt ich meine Frag zu büßen!
Wenn ich müsst sehen mit eigenen Augen
Wie deine süßen Schwür nichts taugen
Dass du die Hände löst aus meinen Händen
Und deinen Mund von meinem Mund
Abtrennst noch zur selben Stund.

BUHLSCHAFT
Ihr lieben Gäste, liebe Leut,
Mein Liebster ist besonders heut,
Weiß nicht, was mit ihm geschehn!
Könnt ihr mir nicht mit Rat beistehn?
Er sitzt nicht fröhlich und gepaart
Und redt von Dingen aus der Art,
Hab nie zuvor ihn so gesehn,
Weiß nicht, wes ich mich soll versehn.

DÜNNER VETTER
Potz Donner, Vetter Jedermann,
Wer hat euch denn um den Verstand gebracht?
Habt Ihr leicht die Melancholie? Wenn nicht, was dann?

DICKER VETTER
Kenn das, sitzt hinterwärts der Stirn,
Ist eine Trockenheit im Hirn.
Ist mir von meinem Herrn Vater bekannt
Mit ihm wars öfters so bewandt.
Mußt brav eines trinken, mit Vergunst,
Daß dir der Wein das Hirn aufdunst.

BUHLSCHAFT
Wir wollen anheben zu singen was
Davon schon öfter einer genas.

DICKER VETTER
Ei was?

BUHLSCHAFT
Ei was, wenns regnet ist's naß.

DICKER VETTER
Kenn das, sitzt hinterwärts der Stirn,
Ist eine Trockenheit im Hirn.
Ist mir von unserm Vater wohlbekannt
Mit ihm war's öfter so bewandt.
Musst trinken wie bei einer Feuersbrunst,
Dass dir der Wein das Hirn aufdunst.

DÜNNER VETTER
Wenn einer allzeit lebt zu gut
Das schafft ihm ein verdicktes Blut,
Einen armen leichtgewichtgen Mann
Käm die Melancholie nit an.

GAST/BUHLSCHAFT
Ich mein, wir sollten etwas singen.
Kennt ihr das Lied, das anhebt so?
„In süßen Freuden geht die Zeit".

GAST
Nein lasset doch, sind wir denn Pfaffen?
Was soll ein geistlich Lied uns schaffen?

BUHLSCHAFT
Ich weiß ein anderes, singen wir das.

DÜNNER VETTER
Ei was?

DICKER VETTER
Ei was, wenn's regnet ist's nass.

DAS EINE FRÄULEIN
„Floret silva undique“
„Um meinen Gesellen ist mir weh“.

DER EINE GAST *spottet ihr nach*
„Floret silva undique“
„Um ihren Gesellen ist ihr weh“.

DAS GLEICHE FRÄULEIN
„Er ist geritten von hinnen.
O weh, wer soll mich minnen?“

EIN ANDERER GAST *fällt ein*
„Steht auch der Wald voll grünen Schoß“
„Wohin doch ist mein Traugenoß“.

JEDERMANN *hat indes den Becher Wein ausgetrunken und sieht fröhlich umher*
Seid fröhlich, Vettern und liebe Gäst,
Mir ist nit just recht wohl gewest.
Ein Trunk hat mich gemacht gesund
Nun grüß ich erst meine Tafelrund.
War mir als läg was auf der Brust,
Nun hab ich doppelt Lebenslust.
Bin froh daß wir beisammen sein
Ist mir ein rechter Freudenwein.
Schwillt mir das Herz so übervoll,
Weiß gar nit wie ichs sagen soll
Sind köstlich Ding doch auf der Welt
Ist herrlich gar um uns bestellt.
Ja Lieb und Freundschaft, die zwei sind viel wert.
Wer die hat, des Herz nit mehr begehrt.
Kommt Wein dazu und Saitenspiel
So ist's schon über Maßen viel.

BUHLSCHAFT
„Floret silva undique“

ALLE SINGEN
„Floret silva undique“
„Um ihren Gesellen ist ihr weh“.

GAST
„Er ist geritten von hinnen.
O weh, wer soll mich minnen?“

JEDERMANN
Seid fröhlich, Vettern und liebe Gäst,
Mir ist nit just recht wohl gewest.
Mir war als läg was auf der Brust,
Jetzt hab ich doppelt Lebenslust.
Genießt es nur, mein neues Reich
Gigantisch, traumhaft, göttergleich.
Das Herz schwillt mir so übervoll,
Ich weiß nicht wie ich’s sagen soll
Es ist so schön zu leben auf der Welt
’s ist ganz wunderbar um uns bestellt.
Nutzt die Stunde noch aufs Beste
Du! Sing uns eins für alle Gäste.

Ich hab euch recht lieb, ihr lieben Gäst
Ich bitt euch nützt die Stund aufs Best.
Lasst eure Kehl nit untätig sein
Ein Lied geh aus, wo eingeht der Wein.
Verschränket eure Stimmen aufs Best
Und haltet sänftlich die Liebe fest.
Nun laßt Euch nit lang gebeten sein
Und singt uns eins, lieber Vetter mein.

DER DICKE VETTER
Mein dünner Vetter, o weh o weh
Nun kommt sein Lied vom kalten Schnee.

DER DÜNNE VETTER *singt*
O weh o weh, Frau Minne mir ist weh
Frau Minne!
Greift her wie sehr ich brinne.
Gekreisch.
O weh!
Ein kalter kalter Schnee
Er müßt vor Glut zerrinnen
Darin das Herz erstickt!
Wollt helfen mir Frau Minnen,
Des wär ich hoch beglückt.

Alle singen mit. Man hört darein ein dumpfes Glockenläuten.

JEDERMANN
Was ist das für ein Glockenläuten!
Mich dünkt es kann nichts Guts bedeuten.
Der Schall ist laut und todesbang
Schafft mir im Herzen Qual und Drang.
Was läuten Glocken zu dieser Zeit?

DICKER VETTER
Mein dünner Vetter, o weh o weh
Nun kommt sein Lied vom kalten Schnee.

ALLE SINGEN
O weh o weh
Frau Minne mir ist weh
Frau Minne!
Greift her wie sehr ich brinne.
O weh!
Ein kalter kalter Schnee
Er müsst vor Glut zerrinnen
Darin das Herz erstickt!
Wollt helfen mir Frau Minnen,
Des wär ich hoch beglückt.
O weh o weh
Frau Minne mir ist weh ...

JEDERMANN
Was ist das für ein Glockenläuten!
Das hat nichts Gutes zu bedeuten.
Was läuten Glocken, jetzt, zu dieser Zeit?

DICKER VETTER
Ist nichts zu hören weit und breit.

DÜNNER VETTER
Hat einer läuten hören Glocken?

KOCH
Was Glocken, was wird von Glocken geredt?

DÜNNER VETTER
Wär eins zu früh zur Morgenmett!

BUHLSCHAFT
Ich bitt euch laßt das Singen nit stocken.

KOCH
Hat einer von euch was läuten hören?

DÜNNER VETTER
Nit läuten meiner Seel noch schlagen.

BUHLSCHAFT
Laß dich im Singen doch nit stören.

JEDERMANN
Ich bitt dich, hat alls nichts zu sagen
Jetzt hör ichs nimmer ist alls schon gut.

DICKER VETTER
Kommt alls von einem trägen Blut.
Ich laß Euch wärmen ein Becherlein!

JEDERMANN
Viel Dank, guter Vetter, laßt nur sein.

DÜNNER VETTER
Ist nichts zu hören weit und breit.

DICKER VETTER
Hat einer läuten hören Glocken?

KOCH
Was Glocken, was wird von Glocken geredt?

DÜNNER VETTER
Wär auch zu früh zur Morgenmett!

BUHLSCHAFT
Ich bitt euch, lasst das Singen doch nicht stocken.

KOCH
Hat einer von euch was läuten hören?

DÜNNER VETTER
Nit läuten meiner Seel noch schlagen.

BUHLSCHAFT
Lasst euch im Singen doch nicht stören.

JEDERMANN
Jetzt hör ich nichts mehr – alles gut.

DICKER VETTER
Kommt alls von einem trägen Blut.
Bringt ihm den heißen Wein!

JEDERMANN
Danke, Vetter, lass nur sein.
Jedermann hört Stimmen rufen.

Die am untern Ende des Tisches singen „oh Weh“ als Kanon.

Indes sie singen kommt Jedermanns guter Gesell.

DIE RUFER *(2 Rufer aus dem Dom, einer von der „Katz“, einer von einer anderen Kirche)*
Jedermann! Jedermann! Jedermann!

JEDERMANN *springt angstvoll auf*
Mein Gott wer ruft da so nach mir?
Von wo werd ich gerufen so?
Des werd ich im Leben nimmer froh.

GESELL
Ei, Jedermann, ich bin zur Stell.

BUHLSCHAFT
Sieh, Jedermann, doch, dein lieber Gesell.

JEDERMANN
Ihr liebe Freundschaft, sagt mir an
Wer ruft so gräßlich „Jedermann“?

DÜNNER VETTER
Hat müssen grad ins Ohr dir dringen
Ein Widerhall von unsrem Singen.

JEDERMANN
Nein, nein! in fürchterlicher Weis
Und laut und mächtiglich, nit leis
So: Jedermann! und Jedermann!
Doch anderster als ich es schaffen kann.
Gar fremd und doch bekannt zugleich

JEDERMANN
Wer ruft da so nach mir?
Von wo werd ich gerufen so?

GESELL
Jedermann! Jedermann! Jedermann!
Ich bin zur Stell.

BUHLSCHAFT
Sieh, Jedermann, doch, dein lieber Gesell.

JEDERMANN
Ihr lieben Freunde, sagt mir an
Wer ruft so grässlich „Jedermann"?

DÜNNER VETTER
Hat müssen grad ins Ohr dir dringen
Ein Widerhall von unserem Singen.

JEDERMANN
Nein! In fürchterlicher Weis
Und laut und mächtiglich, nit leis
So: Jederm-! Jederm-! Jederm-! Mann!
Nein, anders, nit so, wie ich's kann.
Ganz fremd und doch bekannt zugleich
Aus welchem höllischen Bereich
Hat's so nach mir geschrien?
Ich kann den Stimmen nicht entfliehen.
Jetzt wieder, jetzt wieder! So hört's doch an
Wie grauenhaft sie rufen „Jedermann"!

Aus welchem höllischen Bereich
Hats müssen also nach mir schrein?
Des kann ich mich nimmer getrösten, nein!
Jetzt, jetzt! aufs neu, so hört doch an
Wie streng sie rufen „Jedermann“!

Man hört das gleiche Rufen wie vordem.

BUHLSCHAFT
Ich hör keinen Laut.

DER DICKE VETTER
Ich hör keinen Schall.

DER DÜNNE VETTER
Auch nit einen leisen Widerhall.

GESELL *tritt zu Jedermann*
Ist Ohrentrug, siehst nit wohl aus,
Soll ich geleiten dich nach Haus?

JEDERMANN
Wie ich auf euch die Augen heft,
So kommen mir zurück die Kräft.
Ich mein, es könnt ein solches Schrein
Kein zweitesmal sich hier anheben.
Tut mir recht wohl der Lichterschein.
Sitz nieder mein Gesell hierneben
Will morgen zu gelegner Zeit
Mit einem Arzten Beratung pflegen
Daß solche Zufäll allerwegen
Er wohlbedacht mir hält hintan.

BUHLSCHAFT
Ich hör keinen Laut.

DICKER VETTER
Ich hör keinen Schall.

DÜNNER VETTER
Auch nit einen leisen Widerhall.

GESELL
Ist Ohrentrug, siehst nit wohl aus,
Soll ich geleiten dich ins Haus?

JEDERMANN
Wie ich auf euch die Augen heft,
So kommen mir zurück die Kräft.
Ich glaub, dass ein solch höllisches Gebell
Kein zweites Mal ertönen kann.
Das Licht hier tut mir gut, ’s wird wieder hell
In mir. Sitz nieder, mein Gesell.
Will morgen zu gelegner Zeit
Mit einem Arzt Beratung halten
Dass solche Zufäll, solch ein Sinnesspalten
Er wohlbedacht mir hält hintan.

BUHLSCHAFT
Mußt mirs versprechen, lieber Mann!
Müßt ja vor Angst und Sorg vergehn,
Sollt ich dich öftern also sehn.

JEDERMANN *hebt sich angstvoll*
Nun aber sag um Gott, mein Lieb,
Was brennen die Lichter also trüb?
Und wer kommt hinter mir heran?
Auf Erden schreitet so kein Mann.

BUHLSCHAFT
Musst mir's versprechen, lieber Mann!
Müsst ja vor deinem Irrsinn schier vergehn,
Sollt ich dich öftern all so sehn.

JEDERMANN
Deine Lichter ... Mein Lieb, deine Lichter. Deine Lichter.
Du, mein Lieb,
Was brennen deine Lichter also trüb?
Und wer kommt hinter mir heran?
Auf Erden schreitet so kein Mann.

Der Tod steht da in einiger Entfernung. Alle Gäste auf.

TOD
Ei Jedermann! ist so fröhlich dein Mut?
Hast deinen Schöpfer ganz vergessen?

JEDERMANN
Was fragst um das zu dieser Stund?
Bekümmerts dich? wer bist? was solls?

TOD
Von deines Schöpfers Majestät
Bin ich nach dir ausgesandt
Und das in Eil: drum steh ich da.

JEDERMANN
Wie, ausgesandt nach mir?
Dem möchte wohl so sein. Ei ja.

TOD
Denn ob du ihm gibst wenig Ehr
In der himmlischen Sphär
denkt er dein,
In welcher Weis, das soll dir gleich gemeldet sein.

JEDERMANN
Was will mein Gott von mir?

TOD
Das will ich dich weisen.
Abrechnung will er halten mit dir. Unverweilt!

Szene 8

TOD
Ei Jedermann!
Ist so fröhlich dein Mut?
Hast deinen Schöpfer ganz vergessen?

JEDERMANN
Was fragst um das zu dieser Stund?
Was kümmert's dich? Wer bist? Was soll's?

TOD
Von deines Schöpfers Majestät
Bin ich nach dir ausgesandt
Und das in Eil: drum steh ich da.

JEDERMANN
Ausgesandt nach mir?
Dem möchte wohl so sein. Ah ja.

TOD
Denn ob du ihm gibst wenig Ehr
In der himmlischen Sphär
Denkt er dein,
In welcher Weis, das soll dir gleich gemeldet sein.

JEDERMANN
Und was will mein Gott von mir?

TOD
Das will ich dich weisen.
Abrechnung will er halten mit dir. Unverweilt!

JEDERMANN
Ganz und gar bin ich unbereit
Für solch ein Rechnung legen.
Müßt ich das tun, da käm ich in Not
Auch kenn ich dich nit – was bist du für ein Bot?

TOD
Ich bin der Tod, ich scheu keinen Mann,
Tret jeglichen an und verschone keinen.
Es flüchten viele.

JEDERMANN
Bist du derselbig, hör mich an.
Ich bin ein mächtig reicher Mann.
Die Sach soll aufgeschoben sein.
Nur dies tu! Willst's nit? Tust's nit?

TOD
Nein.
Mein Brauch ist gradaus umgekehrt.
Wird dir kein Aufschub nit gewährt.
Du kommst mit mir und zögerst nit.

JEDERMANN
Was? keine Frist willst du mir geben
Und überfällst eins ungewarnt
Gar mitten drin im besten Leben
Gotts Blut! das ist kein ehrlich Spiel,
Damit erwirbst dir Ruhm nit viel
Denn daß ichs nur sag, bin nit bereit,
Mein Schuldbuch auch ist nit so weit.
Hätt ich für mich so zehn, zwölf Jahre Zeit,
Ich wollt es in der Ordnung han,
Daß keine Furcht mich ginget an.

JEDERMANN
Ganz und gar bin ich unbereit
Für solch ein Rechnunglegen.
Müsst ich das tun, da käm ich in Not
Auch kenn ich dich nit – ausgesandt nach mir? –
was bist du für ein Bot?

TOD
Ich bin dein Tod, ich scheu keinen Mann,
Will mich mit dir vereinen,
Trete jeglichen an und verschone keinen.

JEDERMANN
Bist du derselbig? Wenn du das wirklich bist,
so hör mich an.
Ich bin ein mächtiger und reicher Mann.
Die Sach soll aufgeschoben sein.
Nur dies tu! Willst's nit? Tust's nit?

TOD
Nein.
Mein Brauch ist gradaus umgekehrt.
Wird dir kein Aufschub nit gewährt.
Du kommst mit mir und zögerst nit.

JEDERMANN
Wie? Keine Frist willst du mir geben
Überfällst mich mittendrin im besten Leben
Das ist nicht ehrlich, dieses Spiel,
Damit gewinnst dir Ruhm nit viel
Denn dass ich's nur sag, ich bin nicht bereit
Für solch ein Rechnunglegen.
Mein Schuldenbuch, mein Ablaufdatum ist auch
noch nicht so weit.

TOD
Hie hilft kein Weinen und kein Beten,
Die Reis mußt alsbald antreten.

JEDERMANN
Wird mir zum Gefährten für diesen Weg
Kein anderer als du bestellt?
Soll ich aus dieser Erdenwelt
Hinaus und kein Geleite haben?
Und war doch hier niemals allein,
Mußt allerwegen gesellig sein.

TOD
Nun ist Geselligkeit am End,
Ring nit vergebner Weis die Händ.
Wie, hat dich Narren wollen bedünken,
Das Erdengut und dies dein Leben
Wäre dir alles zu Eigen gegeben?

JEDERMANN
So war ich vermeinend, wahrhaftig und ja.

TOD
Nichts da, war alls dir nur geliehen.
Bist du dahin erbts einen andern,
Und über eine Weil schlägt dem sein Stund
Und er muß alles hier lassen und wandern.
Ich komm halt schnell.

Hätt ich so zehn, zwölf Jahre Zeit,
Dann könnt ich es in Ordnung bringen,
Dann kannst du mir die Totenlieder singen.

TOD
Hie hilft kein Weinen und kein Beten,
Die Reis musst alsbald antreten.

JEDERMANN
Mit dir? Wird mir zum Gefährten für diesen Weg
Kein anderer als du gestellt?
Soll ich aus dieser Erdenwelt hinaus und kein Geleite haben?
Weißt du, wer ich bin?
Ich war doch hier niemals allein,
Muss immerzu gesellig sein.

TOD
Nun ist Geselligkeit am End,
Ring nit vergebner Weis die Händ.
Schleun dich, jetzt geht's vor Gottes Thron,
Dort empfängest deinen Lohn.
Wie, hat dich Narren wollen dünken,
Das Erdengut und dies dein Leben
Wär dir zum Eigentum gegeben?

JEDERMANN
So dachte ich, wahrhaftig und ja.

TOD
Nichts da, war alls dir nur geliehen.
Bist du dahin, erbt's einen andern,
Und über eine Weil schlägt dem seine Stund
Und er muss alles hier lassen und wandern.
Ich komm halt schnell.

JEDERMANN
Nur einen Tag!
Nur diese Nacht bis Sonnaufgehn.

TOD
Dergleichen wird von mir nit erbeten,
Wo ich einen Mann tu antreten
Den schlag ich auf sein Herz mit Macht
Wird vorher kein Anzeig beigebracht.

JEDERMANN
O weh! Nun ist wohl Weinens Zeit!

TOD
Mit Weinen wird nur Zeit vertan.

JEDERMANN
Weh über mich, was heb ich an?
Hätt ich ein ledig Stündlein Zeit
Mir zu gewinnen ein Geleit.
Daß ich nicht mutterkindallein
Vor meinem Richter müßte sein.

TOD
Meinst du, daß solches dir gewinnst?
Ich sag, sie weigern dir den Dienst.

JEDERMANN
Nur nit allein vor das Gericht!

TOD
Meinshalb, ich tret dir aus dem Gesicht,
Nur merk, vertu nit diese Frist.

JEDERMANN
Nur einen Tag!
Nur diese Nacht – nur bis die Sonn wieder aufgeht.

TOD
Dergleichen wird von mir nit erbeten,
Wo ich einen Mann tu antreten
Den schlag ich auf sein Herz mit Macht
Wird vorher kein Anzeig beigebracht.

JEDERMANN
Nun ist wohl Weinens Zeit!

TOD
Mit Weinen wird nur Zeit vertan.

JEDERMANN
Was heb ich an? Was tu ich jetzt?
Hätt ich nur ein ledig Stündlein – eine Stunde Zeit
Ich fänd mir jemand zum Geleit.
Dass ich nicht mutterkindallein
Auf diesem Weg müsste sein.

TOD
Meinst du, dass solches dir gewinnst?
Ich sag, die weigern dir den Dienst.

JEDERMANN
Ich gehe nicht allein vor das Gericht!
Eine Stunde nur, ich muss sie doch erst fragen …

TOD
Meinshalb, ich trete dir aus dem Gesicht,
Nur merk vertu nit diese Frist.

JEDERMANN *tritt zu seinem Gesellen*
Mein guter Gesell, Du weißts –

GESELL
Ich weiß.
War nit fünf Schritt weit, Jedermann,
Wie dich der Tod hat treten an!
Und hab euch reden hören alls,
Schlägt mir das Herz bis an den Hals.
Ein froher Mann und kerngesund –
Das warst du bis zu dieser Stund.
Nun kommt mich schier das Weinen an,
Wenn ich dich anschau, Jedermann.

JEDERMANN
Hab vielen Dank, mein guter Gesell.

GESELL
Was Dir noch nottut, sag Du schnell.

JEDERMANN
Du bist mir wahrhaft ein guter Freund,
Dich hab ich allzeit treu befunden.

GESELL
Und sollst mich finden zu allen Stunden.
Denn glaub du mir, ging deine Reis
Geradewegs hinab zur Höll,
Hie fändest du den Gefährten zur Stell.

Szene 9

JEDERMANN
Mein guter Gesell, du weißt –

GESELL
War kaum fünf Schritt entfernt,
Wie du den Tod hast kennenglernt.
Und hab euch reden hören alls,
Mir schlägt das Herz bis an den Hals.
Erst glaubte ich, es wär dein Scherz,
Dann gab's mir einen Stich ins Herz.
Ein froher Mann und kerngesund –
Das warst du bis zu dieser Stund.
Jetzt kommt mich schier das Weinen an,
Wenn ich dich anschau, Jedermann.

JEDERMANN
Hab vielen Dank, du, mein Gesell.

GESELL
Was dir noch Not tut, sag du schnell.

JEDERMANN
Du bist mir wahrhaft ein guter Freund,
Dich hab ich allzeit treu befunden.

GESELL
Ich bin dir wirklich sehr verbunden.
Glaub mir, ging deine Reis
Geradewegs hinab zur Höll,
Du fändest dort den Freund zur Stell.

JEDERMANN
Mein Freund!

GESELL
Sprich frei, tu auf den Mund
Muß alls mir werden offenbart
Ich steh bei dir bis zur letzten Stund
Recht nach guter Gesellen Art.

JEDERMANN *will den Mund auftun.*

GESELL
Dein Jammer geht mir mächtig nah
Sag, ist dir von etlichen Leids getan?
Sie sollen ihre Strafen han,
Von meiner Hand mit scharfem Eisen
Und müßt ich darüber ins Gras beißen!

JEDERMANN
Ist nit um dies mir, bei Gotts Blut!

GESELL
Es geht dir um dein Geld und Gut.
Das schafft dir große Sorgenlast,
Daß keine Leibeserben hast.

JEDERMANN
Nein, Lieber, nein!

GESELL
Braucht nit viel Wort,
Bei mir ist dein Vertraun am Ort.
Der Kaufbrief da ist wohl verwahrt.
Dir ist um deine Freundin zart,

JEDERMANN
Mein Freund!
Ich hoffe nur, du guter Mann,
Dass ich's um dich verdienen kann.

GESELL
Verdienen – darum geht's doch nicht!
Ich verlier doch mein Gesicht,
Wenn ich erst groß das Maul aufreiß
Und dann mir in den Hintern beiß.

JEDERMANN
Hab vielen Dank, du!

GESELL
Ist irgendwer dir mehr als nah getreten?
Der soll um Gnade winseln, beten!
Eigenhändig werd ich ihm den Kopf abreißen,
Und müsst ich drüber selbst ins Grab noch beißen.

JEDERMANN
Ist nit um dies mir, nein, das ist es nicht.

GESELL
Es ist dir um dein Geld und Gut.
Das schafft dir große Sorgenlast,
Dass keine Leibeserben hast.

JEDERMANN
Nein, Lieber, nein!

GESELL
Braucht nit viel Wort,
Bei mir ist dein Vertraun am Ort.

Daß deines Reichtums auf sie komm
Soviel als ihr auf immer fromm.

JEDERMANN
Nein, Lieber Guter hör mich an.

GESELL
Spar dir die Reden Jedermann
Bist ohne viel von mir verstanden.

JEDERMANN
Ach! ganz was anders schafft mir Qual
Viel näheres, mein guter Gesell!

JEDERMANN
Mir ist befohlen, mich fortzuheben.
Der Weg ist weit und voll Beschwer
Und was dann kommt, noch weit mehr,
Denn ich soll eine Rechnung geben
Von meinem Reichtum und all meinem Leben
Vor meinem Schöpfer und höchsten Richter!
Drum also komm mit mein guter Gesell
Wie dus versprochen hast zur Stell.

GESELL
Ei ja, das ist schon eine Sach.
Versprechen und brechen, das wär mir Schmach,
Daran nur denken macht mir heiß.

Der Kaufbrief da ist wohl verwahrt.
Dir ist um deine Freundin zart,
Dass sie den ganzen Reichtum erben soll,
Das find ich reichlich rücksichtsvoll.

JEDERMANN
Nein, Lieber, Guter hör mich an.

GESELL
Spar dir die Reden (Jedermann),
Bist ohnehin von mir verstanden.

JEDERMANN
Mich quält was anderes! Hör mich an!
Mir ist befohlen, mich fortzuheben.
Der Weg ist weit und voll Beschwer
Und was dann kommt, noch weit mehr,
Denn ich muss eine Rechnung geben
Über all mein Tun und all mein Leben
Vor meinem Schöpfer oder Richter auch.
Drum also, lieber Freund, brauch ich dich jetzt bei mir,
Wie du's versprochen hast, grad eben hier.

GESELL
Versprochen ... ja, das ist so eine Sach.
Versprechen und brechen, das wär mir Schmach,
Daran nur denken macht mir heiß.
Doch sollt ich mitgehen auf die Reis,
Da heißt es, – überlegen, drüber sprechen.

JEDERMANN
Was sollen die Grimassen,
Wolltest nicht lebend noch tot mich verlassen,
Und wär's geradewegs hinab zur Höll.

JEDERMANN
O du!

GESELL
Doch sollt ich antreten die Reis
Da heißt es sich beraten und gut.

JEDERMANN
Was? sprachest doch, auf jeglicher Straßen
Wolltest nicht lebend noch tot mich verlassen,
Und wär es geraden Wegs zur Höll.

GESELL
Richtig, so war meine Red, Hand aufs Herz!
Aber die Wahrheit zu vermelden
Ist jetzo nicht Zeit für dergleichen Scherz.
Ist fast bereits ernsthaft die Sachlag.
Und dann, wenn wir die Reis wollten antreten
Wann kämen wir wiederum hierher?
Ei, gib doch Antwort.

JEDERMANN
Nimmermehr.

GESELL
Nimmermehr.

JEDERMANN
Bis an den Jüngsten Tag.

GESELL
Dann bei Gotts Tod, bleib ich hintan
Wenn in dem Sinn die Meldung beschah,
Dann stehts, daß ich die Reis nit tu.

GESELL
Richtig, meine Rede, Hand aufs Herz!
Doch jetzt ist nicht Zeit für solchen Scherz.

JEDERMANN
Nicht Zeit?

GESELL
Ist fast bereits ernsthaft die Sachlag.
Ich leg mich nicht zu dir ins Grab.
Und überhaupt, wann kämen wir zurück hierher?

JEDERMANN
Nimmermehr.
Nimmermehr bis an den Jüngsten Tag.

GESELL
Dann bei Gotts Tod bleib ich hintan.
Drauf geb ich dir mein Wort,
Dass ich die Reis nit machen kann.

JEDERMANN
Nit tust?

GESELL
Nein, alsdann bleib ich am Ort.

JEDERMANN
Um Gott! Hast mir was anders versprochen!

GESELL
Weiß wohl. Und ist recht in Treuen beschehn
Und so du wolltest was anders begehn
Mit Frauen was Gutes in Kumpanei
Oder was es sonsten sei,
Solltest an deiner Seiten mich sehn.

JEDERMANN
O deiner bedarf ich jetzt gar sehr.
Jetzt heißt es: Gesell, gedenke mein.

GESELL
Ob wir Genossen waren, ob nit,
Hinfort tu ich mit dir keinen Schritt.
Nun geb Dir Gott eine schleunige Fahrt
Dahin recht sänftlich nach guter Art.
Muss eilends jetzt meines Weges gehen ...

JEDERMANN
Leb wohl, mein Freund, um dich wird mir mein Herz arg schwer,
Leb immer wohl, dich seh ich nun auch nimmermehr.

JEDERMANN
Nicht kannst?

GESELL
Nein, alsdann bleib ich am Ort.

JEDERMANN
Hast mir was anderes versprochen!

GESELL
Weiß wohl.
Hättst du was anderes im Sinn,
Was mit Humor und mit Gewinn,
Mit Weibern in die Kiste gehen –
Da würdest mich an deiner Seite sehen.

JEDERMANN
O deiner bedarf ich jetzt gar sehr.
Jetzt heißt es: Freund, bleibst du bei mir?

GESELL
Ob Freund, Genosse, (Gesell,) oder nit,
Hinfort mit dir tu ich keinen Schritt.
Gott geb dir eine schleunige Fahrt dahin.
Muss eilends jetzt meines Weges gehen …

JEDERMANN
Willst mich verlassen ganz und gar?
Leb wohl, um dich wird mir mein Herz arg schwer,
Leb immer wohl, Dich seh ich hier auch nimmermehr.

GESELL
Leb wohl auch Jedermann, leb wohl am End,
gib mir die Hand,
Ja, Scheiden tut recht weh, das hab ich jetzt erkannt.
Er geht.

GESELL
Leb wohl auch, Jedermann, leb wohl.
Am End, gib mir die Hand,
Scheiden tut recht weh, das hab ich jetzt erkannt.

JEDERMANN
War mein Gesell, solang ich fröhlich war
Hab eh und immer was reden hören
Es hieß: So lang einer im Glück ist
Der hat Freunde die Menge,
Doch wenn ihm das Glück den Rücken kehrt,
Dann verläuft sich das Gedränge.
Er wird die Vettern gewahr, die noch beiseite stehen
Da sind noch meine Blutsfreunde ja,
Ihr liebe Vettern bliebt mir nah.

JEDERMANN
vielen Dank ihr dachtet mein!

DICKER VETTER
Da wir doch Anverwandte sein!

JEDERMANN
Ihr habt gesehn, es kam ein Bot.
Der kam auf hohen Königs Gebot.

DICKER VETTER
Ja, ich weiß, Vetter Jedermann.
Die Sach ist eben so bewandt,
Dass ich in der nichts machen kann.

Szene 10

JEDERMANN
War mein Gesell, solang ich fröhlich war ...
Da hat einer Freunde die Menge,
Doch wenn das Glück den Rücken kehrt,
Verläuft sich das Gedränge.

Auftritt Vettern

DICKER VETTER
Euch widerfuhr so Liebes wie Leides,
Mit Euch zu teilen begehren wir beides.

DÜNNER VETTER
Beides!

DICKER VETTER
Da wir doch Anverwandte sein!

DÜNNER VETTER
Anverwandte.

JEDERMANN
Ihr habt gesehn, es kam ein Bot.

DICKER VETTER
Ja, ich weiß, Vetter Jedermann.
Die Sach ist eben so bewandt,
Dass man da nichts machen kann.

DÜNNER VETTER
Nichts machen kann. Gar nichts.

JEDERMANN
Er hieß einer Fahrt mich unterwinden …

DICKER VETTER
Ja, wie gesagt –

JEDERMANN
Von dieser Fahrt –

DICKER VETTER
Nun, wie gesprochen, Art läßt nicht von Art!

JEDERMANN
Von dieser Fahrt – das weiß ich wohl,
Werd ich nimmer zurücke finden.

JEDERMANN
Mein Vetter, hörtet Ihr, was ich sprach?

DICKER VETTER
Ihr redet nit zu tauben Ohren.

DÜNNER VETTER
Ei, nein, wahrhaftig nit, Gotts Not.

JEDERMANN
Er hieß einer Fahrt mich unterwinden ...

DICKER VETTER
Ja, wie gesagt –

DÜNNER VETTER
Wie gesagt.

JEDERMANN
Von dieser Fahrt – das weiß ich wohl,
Da find ich nimmermehr zurück.

DICKER VETTER
Ei nimmer!

DÜNNER VETTER
Nimmer.

DICKER VETTER
Ja, wo halt nichts ist,
Hat der Kaiser sein Recht verloren!

DÜNNER VETTER
Der Kaiser 's Recht verloren.

JEDERMANN
Habt ihr gehört, was ich gesagt hab?

DICKER VETTER
Ihr redet nit zu tauben Ohren.

DÜNNER VETTER
Ei, nein, wahrhaftig nit, Gotts Not.

JEDERMANN
Ich werd da nimmer zurücke finden.

DICKER VETTER
Habt Ihr auch richtig verstanden den Bot?

JEDERMANN
Ich ihn?

DICKER VETTER
Die Red und den Verstand,
Habt Ihr das richtig wohl gefaßt?

JEDERMANN
Ob ich? –

DICKER VETTER
Das war schon, daß ich sag,
Ein recht ein ungebetner Gast.
Hm, Vetter.

DÜNNER VETTER
Ja, ich mein, Gott seis geklagt –

DICKER VETTER
So meint Ihr auch wie ich? Ja, wie gesagt
Ja Gott befohlen, Vetter Jedermann,
Da habt Ihr alles, was ich sagen kann.

JEDERMANN
Ihr Vettern, bleibet, hört mich an!

JEDERMANN
Ich werd da nimmer zurücke finden.

DICKER VETTER
Habt Ihr auch richtig verstanden den Bot?

JEDERMANN
Ich ihn?

DICKER VETTER
Die Red und den Verstand,
Habt Ihr das richtig wohl gefasst?

DÜNNER VETTER
Wohl gefasst?

JEDERMANN
Ob ich? –

DICKER VETTER
Das war schon, dass ich's sag,
Ein recht ein ungebetner Gast.
Hm, Vetter.

DÜNNER VETTER
Hm, Vetter. Ja, ich mein, Gott sei's geklagt –

DICKER VETTER
So meint Ihr auch wie ich? Ja, wie gesagt,
Ja Gott befohlen, Vetter Jedermann,
Da habt Ihr alles, was ich sagen kann.

DÜNNER VETTER
Hast du vielleicht noch ein Begehr,
Sprich kühnlich, Vetter Jedermann.

JEDERMANN
Ich muß dort eine Rechnung legen.

DICKER VETTER
Was denn für Rechnung, sagt doch an.

JEDERMANN
Von all meinen irdischen Werken,
Drum seid um Gottes willen gebeten
Und helft mir meine Sach vertreten.

DÜNNER VETTER
Was, dorthin? Geht es Euch auf das!
Nein, Jedermann, da geh ich nit.
Kannst mich nit zum Geleiter kriegen!

JEDERMANN
Oh, daß ich nit geboren wär
Nun werd ich fröhlich nimmermehr,
Wenn ihr mich da verlasset dann.

DÜNNER VETTER
Hast du vielleicht noch ein Begehr,
Sprich frei heraus, tu auf den Mund.

DICKER VETTER
Auf den Mund.

JEDERMANN
Ich muss dort eine Rechnung legen.

DÜNNER VETTER
Rechnung?

DICKER VETTER
Rechnung? Was denn für Rechnung, sagt doch an.

JEDERMANN
Von (all) meinen irdischen Werken
(und meinem Leben),
Und wie ich meine Tag hab hingebracht,
Drum seid, Herr Gott nochmal, gebeten
Und helft mir meine Sach vertreten.
Es soll nicht euer Schaden sein.
Weiß auf der Welt kein schöneres Wort
Als dies: Art lässt nicht von Art.

DÜNNER VETTER + DICKER VETTER
Was?

DÜNNER VETTER
Dorthin?

DICKER VETTER
Dorthin?

DICKER VETTER
Ei Mann! Was denn! Sei du fröhlich, Mann!
Nimm dich und fang nit Jammerns an!
Nur eins mußt dir gesagt sein lassen
Mich bringst einmal nit in die Gassen.
Er geht.

JEDERMANN
Mein Vetter willst nit mit mir gehen?

DÜNNER VETTER
Hab jetzt, Gotts Tod, Krampf in den Zehen.
Ist ein arg Übel, Jedermann,
Das fällt mich unversehens an.

DICKER VETTER *bleibt nochmal stehen*
Uns wirst nit verführen, das laß nur sein!
Doch hab ich ein schön bös Weib daheim,
Die mächtig gern auf Reisen geht
Die geb ich dir in guter Art,
Wenn die dir zu Gesichte steht,
Leicht, daß sie mit dir geht auf deine Fahrt.
Geht.

DÜNNER VETTER
Geht es Euch auf das!
Nein, Jedermann, da kriegst du mich nicht hin,
Als Geleiter bin ich nicht zu haben,
Da bleib ich lieber, wo ich bin,
Und wär's im finstern Straßengraben.

DICKER VETTER
Nein, zum Geleiter bin ich nicht zu haben.

JEDERMANN
Oh, wär ich nie geboren.

DICKER VETTER
Ei Mann! Was denn! Sei du fröhlich, Mann!
Nimm dich und fang nit Jammerns an!

DÜNNER VETTER
Nit jammern.

JEDERMANN
Willst du nit mit mir gehen?

DÜNNER VETTER
Au! Hab jetzt, Gotts Tod, Krampf in den Zehen.
Ist ein arg Übel, Jedermann,
Das fällt mich unversehens an.

(Ein Krampf! Erwischt mich immer wieder,
Fährt mir ganz plötzlich in die Glieder.)

DICKER VETTER
Uns wirst nit verführen, lass es sein!
Doch hab ich ein unsäglich böses Weib daheim,
Das liebend gern auf Reisen geht, ich sag es ihr.

JEDERMANN
Nein, zeig mir an, wes Sinns du bist
Ob ich in meiner ärgsten Pein
Von dir soll dran gegeben sein,
Ob du willst mit mir gehn oder dahinten bleiben,
Das ist alles, was ich wissen muß.

DICKER VETTER
Dahinten bleiben und ein'n schönen Gruß
Auf Wiedersehn ein andermal.

Sie gehen.

JEDERMANN
Ach Gott, ist das aller Dinge End.

DÜNNER VETTER *wendet sich und tritt nochmals an Jedermann heran*
Es ist nit üblich in solcher Weis
Die Leut zu beschicken zu einer Reis
Dergleichen Anmutung ist nit zart
Und hat mir keine rechte Art.
Hast deiner leibeignen Knecht genug
Die magst dazu aufbieten mit Fug.
Aber die lieben Verwandten dein
Sollten da zu wert dir sein.
Geht.

JEDERMANN
Ob du willst mit mir gehen oder dahinten bleiben,
Das ist alles was ich wissen muss … wissen muss.

DICKER VETTER
Wissen muss? Dahinten bleiben und ein schönen Gruß.

DÜNNER VETTER
Auf Wiedersehen, ein andermal.
Im Abgehen
Es ist nicht schön, uns hier den Abend zu verpatzen
Und uns solch eine blöde Reise aufzuschwatzen.
Das hättst dir besser aufgespart,
Ist auch nicht ganz die feine Art.
Du hast genug leibeigene Knecht.

DICKER VETTER
Aber die liebe Verwandtschaft, nein,
Die sollte dir dafür zu wertvoll sein.

JEDERMANN
Geht diese Rede gleicherweis auf dich?

Buhlschaft erscheint aufs Neue und Jedermann wendet sich an sie.

BUHLSCHAFT
Es ist nicht üblich, in solcher Weis
Die Leut zu beschicken zu einer Reis.
Dergleichen Anmutung ist nicht zart
Und hat mir keine rechte Art.
Ja, Jedermann, auch ich verlass dich hier.

JEDERMANN
Wohin kehrst du dich, mein „Du mit mir“?

BUHLSCHAFT
„Ich mit Dir“?
Ich bin taub und schaue nicht zurück,
Und bötest du mir alles Gold und alles Glück.

JEDERMANN
Werd ich verlassen von euch allen?

BUHLSCHAFT
Ja, Jedermann. Dein Spiel will mir nicht mehr gefallen.

JEDERMANN *sieht sich um*
Bleibt mir keine andere Hilfe dann,
Bin ich denn ein verlorner Mann?
Und ganz alleinig auf der Welt
Ist es schon so um mich bestellt,
Hat mich Der schon dazu gemacht,
Ganz nackend und ohn alle Macht,
Als läg ich schon in meinem Grab,
Wo ich doch mein warm Blut noch hab
Und Knecht mir noch gehorsam sein
Und Häuser viel und Schätze mein,
Auf! schlagt die Feuerglocken drein!
Ihr Knecht nit lungert in dem Haus
Kommt allesamt zu mir heraus.

Hausvogt mit Knechten kommen.

JEDERMANN
Ich muß schnell eine Reise tun
Und das zu Fuß und nit zu Wagen,
Gesamte Knecht, die sollen mit
Und meine große Geldtruhen,
Die sollen sie herbeitragen.
Die Reis wird wie ein Kriegszug scharf
Daß ich der Schätze sehr bedarf.

KOCH
Die schwere Truhn, die drinnen steht?

JEDERMANN
Ja, eilig, ohne viel Gered.

Knechte bringen die schwere Truhe

Szene 11

JEDERMANN

Ist es zu End, das Abendmahl?
Sind alle fort aus meinem Saal?
Ist es schon so um mich bestellt,
Hat *Der* mich schon so weit gebracht,
Dass ich ganz nackt bin ohne Macht,
Als läg ich schon in meinem Grab,
Wo ich mein warmes Blut noch hab,
Mein Geld noch jeden Tag an Wert gewinnt.

JEDERMANN
Nun, wollen wir die Reis angehen,
Ganz in der Still, heimlicher Weis.

Tod tritt in etlicher Entfernung hervor.

Knechte fliehen, Hausvogt desgleichen.

TOD
Nimmst immer noch Vernunft nit an.
Du Narr, bald ist die Stund vertan.

JEDERMANN
Ach Gott, wie graust mir vor dem Tod,
Der Angstschweiß bricht mir aus vor Not.
Kann der die Seel im Leib uns morden
Was ist denn jählings aus mir worden?
Hab immer doch in bösen Stunden
Mir irgendeinen Trost ausgfunden.
War nie verlassen ganz und gar,
Nie kein erbärmlich armer Narr.
War immer wo doch noch ein Halt,
Und habs gewendet mit Gewalt.
Wer bin ich denn: der Jedermann,
Der reiche Jedermann allzeit.
Das ist mein Hand, das ist mein Kleid
Und was da steht auf diesem Platz,
Das ist mein Geld, das ist mein Schatz.
Nun wird mir wohl, daß ich den seh
Recht bei der Hand in meiner Näh.
Wirft sich auf die Truhe.
Nit ohne dich, du mußt mit mir,
lass Dich um alles nit hinter mir.
Du musst jetzt in ein andres Haus

TOD
Du Narr, bald ist die Stund vertan,
Nimmst immer noch Vernunft nit an.
Weißt nit ein recht Geleit zu suchen,
Bald wirst verzweifeln und dir fluchen.

JEDERMANN
Oh Gott, wie graust mir vor dem Tod,
Der Angstschweiß bricht mir aus vor Not.
Kann der die Seel im Leib uns morden
Was ist denn jählings aus mir worden?
Hab immer doch in bösen Stunden
Mir irgendeinen Trost gefunden.
War nie verlassen ganz und gar,
Nie, kein erbärmlich armer Narr.
’s gab immer wo noch einen Halt,
Und ich konnt’s wenden mit Gewalt.
Wer bin ich denn: der Jedermann,
Der reichste Mann hier weit und breit.
Das ist mein Hand, das ist mein Kleid
Und was da steht auf diesem Platz,
Das ist mein Geld, das ist mein Schatz.
Mit ihm hab ich sie alle klein, so klein gemacht
Und alles spielend auf den Weg gebracht.
Nicht ohne dich, du kommst mit mir,
Dich lass ich nicht alleine hier.
Du musst jetzt in ein andres Haus
Drum auf mit dir, steh auf – und schnell heraus.

Drum auf mit dir und schnell heraus.

Die Truhe springt auf

MAMMON *richtet sich auf. Groß.*
Ei Jedermann, was ist mit dir?
Du bist ja grausamlich in Eil
Und bleich wie Kreiden all die Weil.

JEDERMANN
Wer bist denn du?

MAMMON
Kennst vom Gesicht mich nit
Und willst mich dorthin zerren mit?
Dein Reichtum bin ich halt, dein Geld,
Dein eins und alles auf der Welt.

JEDERMANN
Dein Antlitz dünkt mir nit so gut
Gibt mir nit rechten Freudenmut
Das ist gleichviel, du mußt mitgehen.

MAMMON
Was solls, kann alls von hier geschehen,
Weißt wohl, was ich in Mächten hab,
Sag was dich drückt, dem helf ich ab.

JEDERMANN
Die Sach ist anderster bewandt.
Es ist von wo um mich gesandt.

MAMMON
Von wo?

MAMMON
Jedermann! Au! Au! Jedermann! Au! Au! ...
Ei Jedermann, was ist mit dir?
Du bist ja grausamlich in Eil
Und bleich wie Kreiden all die Weil.

JEDERMANN
Was/Wer bist denn du?

MAMMON
Kennst vom Angesicht mich nit
Und willst mich dorthin zerren mit?
Dein Reichtum bin ich halt, dein Geld,
Dein Gott, dein Ein und Alles auf der Welt.

JEDERMANN
Siehst eher aus wie eine Höllenbrut.
Gleichviel, du musst jetzt mit mir gehen.

MAMMON
Was soll's, kann alls von hier geschehen,
Weißt wohl, was ich in Mächten hab,
Sag, was dich drückt, dem helf ich ab.

JEDERMANN
Die Sach ist anderster bewandt.
Es ist von wo um mich gesandt.

MAMMON
Von wo?

JEDERMANN
Ja, es war ein Bot bei mir.

MAMMON
Ein Bot war da, dass er Dich hol?
Ist es an dem, du mußt von hier?!
Ei was, na ja, gehab dich wohl.

JEDERMANN
Und du gehst mit, es ist an dem.

MAMMON
Nit einen Schritt, bin hier bequem.

JEDERMANN
Bist mein, mein Eigentum, mein Sach.

MAMMON
Dein Eigen, ha, daß ich nit lach.

JEDERMANN
Willst aufrebellen, du Verflucht! du Ding!

MAMMON
Du, trau mir nit, dein Wut acht ich gering,
Wird umkehrt wohl beschaffen sein.
Ich steh gar groß, du zwergisch klein.
Du Kleiner wirst wohl sein der Knecht,
Und dünkts dich, anders wärs gewesen,
Das war ein Trug und Narrenwesen.

JEDERMANN
Ja, es war ein Bote hier bei mir.
Und du musst mit. Es ist an dem.

MAMMON
Ist es an dem, du musst von hier?!
Ei was, na ja, gehab dich wohl.
Ein Bot war da, dass er dich hol
Dorthin, das ist ja rasend schnell kommen.
Hab vordem nichts derart vernommen.

JEDERMANN
Und du gehst mit. Du bist mein Teil, es ist an dem.

MAMMON
Nit einen Schritt. Bin hier bequem.

JEDERMANN
Du bist mein Eigentum, bist mein Sach.

MAMMON
Dein Eigentum, *(lacht)*, dass ich nit lach.

JEDERMANN
Willst aufrebellen, du verfluchtes Ding!

MAMMON
Du, trau mir nit, dein Wut acht ich gering,
Es wird wohl umgekehrt beschaffen sein.
Ich steh gar groß, du zwergisch klein.
Du Kleiner wirst wohl sein der Knecht,
Und dünkt's dich, anders wär's gewesen,
Das war ein Trug und Narrenwesen.

JEDERMANN
Hab dich gehabt zu meim Befehl.

MAMMON
Und ich regiert in deiner Seel.

JEDERMANN
Warst mir zu Diensten in Haus und Gassen.

MAMMON
Ja, dich am Schnürl tanzen lassen.

JEDERMANN
Warst mein leibeigner Knecht und Sklav.

MAMMON
Nein, du mein Hampelmann recht brav.
Was ich in dich hab eingelegt,
Darnach hast du dich halt geregt.
Das war ein Pracht und ein Ansehen,
Ein Hoffart und ein Aufblähen
Und ein verflucht wollüstig Rasen,
War alls durch mich ihm eingeblasen.
Und was ihn itzt noch aufrecht hält,
Daß er nit platt an' Boden fällt
Und alle Viere von sich reckt
Und hält ihn noch emporgestreckt,
Das ist allein sein Geld und Gut,
Da hier springt all dein Lebensmut.
Fällt aber in die Truhen zurück
Und damit ist zu End dein Glück.
Bald werden dir die Sinn vergehen
Und mich wirst nimmer wiedersehen.

JEDERMANN
Hab dich seit je zu meinem Befehl.

MAMMON
Und ich regiert in deiner Seel.

JEDERMANN
Die Sach ist umgekehrt, du bist mein Sklav.

MAMMON
Nein, du mein Hampelmann, naiv und brav.
Du ahnungsloser Narr, du dummes Schaf!
Was ich in dich hab eingelegt,
Darnach hast du dich halt geregt.
Das war ein Pracht, ein Ansehen,
Ein großer Wahn, ein Aufblähen
In deiner Wollust über alle Maßen,
Das alles wurd durch mich dir eingeblasen.
Und was ihn jetzt noch aufrecht hält,
Dass er nicht platt hier auf den Boden fällt
Und alle Viere von sich reckt
Und hält sich noch emporgestreckt,
Das ist allein sein Geld und Gut,
Daraus allein entspringt dein Lebensmut.
Bald werden dir die Sinn vergehen
Und mich wirst nimmer wiedersehen.
War dir geliehen für irdische Täg
Und geh nit mit auf deinen Weg,
Fährst in die Gruben nackt und bloß,
So wie du kamst aus Mutter Schoß.
Du Laff, du ungebrannter Narr, Erznarr du,
Jedermann sieh zu,
Ich bleib dahier und wo bleibst du?

War dir geliehen für irdische Täg
Und geh nit mit auf deinen Weg,
Geh nit, bleib hier, laß dich allein
Ganz bloß und nackt in Not und Pein.
Ist alls um nichts dein Handausrecken
Und hilft kein Knirschen und Zähneblecken,
Fährst in die Gruben nackt und bloß,
So wie du kamst aus Mutter Schoß.

JEDERMANN *ohne Sprache, eine lange Stille.*

WERKE *wird sichtbar*
Jedermann!

JEDERMANN *hört nicht.*

WERKE
Jedermann, hörst mich nit?

JEDERMANN *vor sich*
Ist, als wenn eins gerufen hätt,
Die Stimme war schwach und doch recht klar,
Hilf Gott, daß es nit meine Mutter war.
O nur so viel erbarm dich mein,
Laß das nit meine Mutter sein!

WERKE
Jedermann!
Hörst mich nit, Jedermann?

JEDERMANN
Ist ein krank Weib,
Was kümmerts mich, soll sehn wo sie bleib.

WERKE
Mein Jedermann, ich gehör zu dir,
Um deinetwillen sitz ich hier.

JEDERMANN
Wie soll denn das bewendet sein?

Szene 12

WERKE
Jedermann, hörst mich nit?
Hörst mich nit, Jedermann!

JEDERMANN
Mir ist als hätt da wer gerufen,
Klingt wie ein altes Weib,
Mit schwacher Stimme …

WERKE
Jedermann, Jedermann, hörst mich nit?

JEDERMANN
… doch recht klar,
Oh Gott, dass das nicht meine Mutter war!

WERKE
Jedermann!
Hörst mich nit?
Jedermann?

JEDERMANN
Ist ein kranks Weib,
Was kümmert's mich, bleib mir vom Leib.

WERKE
Mein Jedermann, ich bin ein Teil von dir,
Um deinetwillen lieg ich hier.

JEDERMANN
Wie soll denn das bewendet sein?

WERKE *richtet sich halb auf*
Sieh, ich bin all die Werke dein.

JEDERMANN
Ich will kein Spott, ich sterb allweg.

WERKE
Komm doch zu mir den kleinen Weg.
Sinkt zurück.

JEDERMANN
Das wird mit Willen nit geschehn,
Meine Werke will ich jetzt nit sehn.

WERKE
Bin schmählich schwach, muß sitzen hier,
Wär ichs imstand, ich lief zu dir.

JEDERMANN
Brauch nit ein fremd Gebrest dahier,
Liegt Angst und Marter gnug auf mir.

WERKE
Mich brauchst, der Weg ist schreckbar weit,
Bist annoch ohne ein Geleit.

JEDERMANN
Des Weges muss ich jetzt allein –

WERKE
Nein, ich will mit, denn ich bin dein.

JEDERMANN *sieht sie*

WERKE
Sieh, ich bin all die Werke dein.

JEDERMANN
Ich will keinen Spott, ich sterb allweg.

WERKE
Komm doch zu mir den kleinen Weg.

JEDERMANN
Meine Werke will ich jetzt nicht sehn.

WERKE
Bin schmählich schwach, muss liegen hier,
Wär ich imstand, ich lief zu dir.

JEDERMANN
Ich brauch kein andern Krüppel hier,
Liegt Angst und Pein genug auf mir.

WERKE
Mich brauchst, der Weg ist weit,
Bist gänzlich ohne ein Geleit.

JEDERMANN
Auf diesen Weg muss ich allein –

WERKE
Nein, ich will mit, denn ich bin dein.

WERKE
Auf mir liegt viel Gebrest und Last,
Indem du mein gedacht nit hast.
richtet sich mühselig auf
Jedermann, ich hab wohl vernommen
Du bist entboten zu deinem Erlöser,
Vor ein höchst Gericht zu kommen!
Willst du nit gehn verloren, Mann,
Tritt nit allein die Wandrung an,
Das sag ich dir!

JEDERMANN
Willst du mit mir?

WERKE
Ob ich mit dir den Weg will gehn?
Fragst du mich das, mein Jedermann?

JEDERMANN
Wie du mich sehnlich siehest an
Ist mir, als hätt in meinem Leben
Nit Freund, noch Liebste, nit Weib noch Mann
Mir keinen solchen Blick gegeben!

WERKE
O Jedermann, daß du so später Stund
Dich kehrest zu meinem Aug' und Mund!

JEDERMANN
Hast ein Gesicht verhärmt und bleich
Und dünkt mich doch an Schönheit reich.
Mir ist, je mehr ich dich anseh,
So mehr wird mir im Herzen weh,
Und sänftlich auch, vermischter Weis,

Bin ungelenk, auf mir liegt schwere Last,
Indem du mein gedacht nie hast.
Ich weiß, dein Erlöser schickt nach dir
Zur letzten Reise. Geh mit mir.
Du bist verloren, denk daran,
Trittst du allein die Wanderung an.

JEDERMANN
Du willst mit mir?

WERKE
Ob ich mit dir den Weg will gehn?
Fragst du mich das, mein Jedermann?

JEDERMANN
Wie siehst du mich mit solcher Sehnsucht an?
Mir ist, als hätt in meinem Leben
Kein Freund, kein Liebste, kein Weib, kein Mann
Mir einen solchen Blick gegeben!
Hast ein Gesicht verhärmt und bleich
Und dünkt mich doch an Schönheit reich.
Mir ist, je mehr ich dich anseh,
So mehr wird mir im Herzen weh.
Ich weiß fast nicht mehr, wer ich bin.
Mir ist, als ob dein Blick mich niederzwingt
Und tief in meine Seele dringt.
Doch weiß ich, das ist nun versäumt
Und jetzt, – ist doch alls nur wie geträumt!

Daß ich mich nit zu nehmen weiß.
Mir ist, könnt deiner Augen Schein
Durch meine Augen dringen ein,
Ein großes Heil und Segen dann
Geschäh an einem armen Mann.
Doch weiß ich, dies ist nun versäumt
Und jetzt ist alls nur wie geträumt!

WERKE
Hättest erkannt in deinem Sinn,
Daß ich nit völlig häßlich bin,
Wärest bei mir verblieben viel
Und fern der Welt und bösem Spiel!
Komm näher, meine Stimm ist leis.
Bei Armen wärest eingegangen
Recht als ihr Bruder, heiliger Weis,
Und göttlich Leid und irdischen Schmerz
Die hättest zu lieben angefangen
Und aufgegangen wäre dein Herz.
Und ich, wie ich gebrechlich bin,
Ich wär, verklärt vor deinem Sinn.

JEDERMANN
Und dich hab ich mögen erkennen nicht!
War so verblendet mein Gesicht!
O weh, was sind wir für Wesen dann,
Wenn solches uns geschehen kann!

WERKE
Ich war ein Kelch, der vor dir stand,
Gefüllt vom Himmel bis an den Rand,
Von Irdischem war darin kein Ding,
Drum schien ich deinen Augen gering.

WERKE
Hättest erkannt in deinem Sinn,
Dass ich nit ganz so hässlich bin,
Wärst öfter mal bei mir geblieben,
Hättst dich nicht so in dieser Welt zerrieben.
Ihr Schmerz, ihr Leid wär bei dir eingegangen,
Vielleicht hättst du zu lieben angefangen,
Dein Herz aus seinem Kältegrab befreit.
Komm näher, meine Stimm ist leis.
So wie ich jetzt gebrechlich bin,
So würd ich tanzen in deinem Sinn.

JEDERMANN
Und dich wollt ich erkennen nicht!
War so verblendet mein Gesicht!
Was sind wir denn für Wesen dann,
Wenn solches uns geschehen kann!

WERKE
Ich war ein Kelch, der vor dir stand,
Gefüllt von allem ganz bis an den Rand,
Darin kein Ding von Gier und Haben war,
Drum schien ich deinen Augen auch gering, nicht klar.

JEDERMANN
O könnt ich sie ausreißen beid!
Mir wär im Dunklen nit so bang.
Als da sie mich zu bittrem Leid
Falsch han geführt mein Leben lang!
Des fühl ich ein wütendes Dürsten schon
Durch alle meine Adern rinnen
Und Raserei in allen Sinnen!
Da hab ich meines Lebens Lohn!

WERKE
Das ist die bitter brennend Reu
Das sind deine ungelittenen Leiden!
O könnten dein Herz sie schaffen neu,
Wie selig wäre das uns beiden!

JEDERMANN
So wollt ich ganz zernichtet sein,
Wie an dem ganzen Wesen mein
Nit eine Fiber jetzt nit schreit
Vor tiefer Reu und wildem Leid!
Zurück! und kann nit! Noch einmal!
Und kommt nit wieder!
Hie wird kein zweites Mal gelebt!
Nun weiß die aufgerissne Brust,
Als sie es nie zuvor gewußt,
Was dieses Wort bedeuten mag:
Lieg hin und stirb, hie ist dein Tag!

WERKE *auf ihren Knien*
Mag deine Reu, so brennend groß,
Mich nit vom Boden winden los,
Weh, mag ich nit auf Füßen stehn
Und dir die Stund zur Seiten gehn!
Sie sinkt an den Boden

JEDERMANN
O könnt ich sie ausreißen beide!
Mir wär im Dunklen nicht so bang.
Falsch haben sie mich geführt mein Leben lang!

WERKE
Das ist die Reue, die dein Inneres zerfetzt,
Das sind die ungelittenen Leiden.
O könnten sie dein Herz dir neu erschaffen jetzt,
Wie selig wäre das uns beiden!

JEDERMANN
So sollt ich ganz zernichtet sein,
Nicht eine Faser in mir, die nicht schreit:
Zurück! Kann keiner mich von mir befrein!
Auch wenn vor Angst die Erde bebt:
Hier wird kein zweites Mal gelebt!
Nun weiß die aufgerissne Brust,
Wie sie es nie zuvor gewusst,
Lieg hin und stirb, hie ist dein Tag!

WERKE
Ist deine Reu nicht stark genug, die doch so brennt in dir,
Dass ich nicht mehr hier liegen muss so wie ein wundes Tier?
Dass ich auf meinen eignen Füßen steh,
Mit dir an deiner Seite geh?
Bin ich so elend krank und schwach?!

JEDERMANN
Werke, um alls! laß mich nit im Stich!
Bin sonst verloren sicherlich!

WERKE
O Jedermann!

JEDERMANN
Laß mich nit ohne Rat!

WERKE
Ich habe einen Bruder, Glaube genannt,
Wenn der wollt sich erbitten lassen,
Daß er mit dir zög deine Straßen
Und trät mit dir vor Gottes Gericht!

JEDERMANN
Ruf den um alls! die Zeit entfliecht!

WERKE
Mag sein, er kehrt von dir sich ab,
Dann mußt du ungetröst ins Grab.
Wirst du recht mit ihm reden können
Wird er dir seine Hilf vergönnen.

JEDERMANN
Wenn einer keine Zungen hätt,
Die Angst und Not macht ihn beredt!

WERKE
War nit von Nöten laut Geschrei,
Ich fühl, der Bruder kommt herbei!

Glaube kommt.

JEDERMANN
Du, – hilfst du mir, Rechenschaft zu geben
Vor dem, was Gott ist über Tod und Leben.

WERKE
Ich habe einen Bruder, Glaube wird er hier genannt,
Wenn du drum bittest, würd er dich vielleicht begleiten,
Dass er mit dir trät vor Gottes Gericht!

JEDERMANN
Ruf den um alls! Die Zeit entflieht!

WERKE
Mag sein, *du* kehrst dich von ihm ab,
Dann musst du ungetröstet in dein Grab.
Wirst recht mit ihm reden können,
Wird er dir seine Hilf vergönnen.

WERKE
Lieb Bruder, der Mann ist schwer in Not
Willst ihm beistehn bei seinem Tod?
Mir fehlt die Kraft, bin allzuschwach,
Kann nit vertreten seine Sach.
Sinkt hin

GLAUBE *kommt gegangen*
Lieber Bruder, dieser Mann ist schwer in Not
Willst du ihm beistehn jetzt bei seinem Tod?
Mir fehlt die Kraft, bin allzu schwach,
Kann nicht vertreten seine Sach.

GLAUBE *zu Jedermann*
Hast mich dein Leben lang verlacht
Und Gottes Wort für nichts geacht.
Geht nun in deiner Todesstund
Ein ander Red' aus deinem Mund?

JEDERMANN
Ich glaub – ich glaub –

GLAUBE
Die Red' ist arm!

JEDERMANN
O, daß sich meiner Gott erbarm!
Ich glaub die zwölf Artikel mit Fleiß,
Die ich von Kindschulzeiten weiß:
Was sie vorstellen ganz und gar,
Nehm ich für heilig hin und wahr.

GLAUBE
Das ist des Glaubens ein ärmlich Teil.
Baut dir hinüber keine Brück.
Weißt du nit bessers unverweil?

Szene 13

GLAUBE
Hast mich dein Leben lang verlacht
Und Gottes Wort für nichts geacht.
Geht nun in deiner Todesstund
Ein andrer Ton aus deinem Mund?

WERKE
Ich glaube!

JEDERMANN
Ich glaub –

GLAUBE
Die Red ist arm!

JEDERMANN
O, dass sich meiner Gott erbarm!
Ich kenn die zwölf Artikel und ich glaub daran,
Wie ich's seit Kinderschulzeit sagen kann:
Was sie bedeuten ganz und gar,
Nehm ich für heilig hin und wahr.

GLAUBE
Die zwölf Artikel? Das ist des Glaubens ein ärmlich Teil.
Baut dir hinüber keine Brück.
Weißt du nichts Bessers unverweil?

JEDERMANN
Ich glaub an Gottes Langmut,
Wenn einer beizeiten Buße tut.
Aber ich bin auf diesem Weg zu weit,
Bis dahin reicht keine Barmherzigkeit.

JEDERMANN
Da sieh, so stehts um meine Werk:
Von Sünden hab ich einen Berg
So überschwer auf mich geladen,
Daß mich Gott gar nit kann begnaden,
Als er der Höchstgerechte ist.

GLAUBE
Zweifelst du an Gotts Barmherzigkeit?

JEDERMANN
Gott straft erschrecklich!

GLAUBE
Gott verzeiht!
Ohn Maßen!

JEDERMANN
Schlug den Pharao,
Schlug Sodom und Gomorra, schlug,
Schlug!

GLAUBE
Nein, gab hin den eignen Sohn
In Erdenqual vom Strahlenthron,
Daß als ein Mensch er werd geboren
Und keiner ginge mehr verloren,
Nit einer, nit der letzte, nein,

GLAUBE
Bist ganz in Unmaß denn ertrunken,
In Lastern völlig gar versunken,
Dass dir nicht auf die Lippen kommt,
Was ewig deiner Seele frommt.

JEDERMANN
Da sieh, so steht's um meine Werk:
Von Schuld, da hab ich einen Berg
So überschwer auf mich geladen,
Dass mich ein Gott nicht kann begnaden,
Wenn er ein Höchstgerechter ist.

GLAUBE
Dass du ein solcher Zweifler bist?
Und weißt nicht Gotts Barmherzigkeit?

JEDERMANN
Ich kenn ihn nicht! Der, den ich gelernt hab, straft.

GLAUBE
Gott verzeiht! Und ohne Maß!

JEDERMANN
Schlug den Pharao,
Schlug Sodom, schlug Gomorra, schlug,
Schlug, schlug!

GLAUBE
Nein, gab hin den eignen Sohn
An die Erdenqual, an Folter, Spott und Hohn,
Dass als ein Mensch er leben sollt,
Dafür ward er geboren, so war es gewollt.
Auch dem letzten wollte er vergeben,

Glaubst du daran in diesem Leben,
So ist dir deine Sünd vergeben
Und ist gestillet Gottes Zorn.

JEDERMANN
O, deine Worte sind gelind,
Mir ist, als wär ich neugeborn.
Ich glaube: So lang ich atme auf Erden,
Mag ich durch Gott gerettet werden.

GLAUBE
Es ist an dem, nun geh hinein,
Von deinen Sünden wasch dich rein.

JEDERMANN *auf den Knien*
O ewiger Gott! O göttliches Gesicht!
O rechter Weg! O himmlisches Licht!
Hier schrei ich zu dir in letzter Stund,
Ein Klagruf geht aus meinem Mund.
O mein Erlöser, den Schöpfer erbitt,
Daß er beim Ende mir gnädig sei,
Wenn der höllische Feind sich drängt herbei,
Und der Tod mir grausam die Kehle zuschnürt,
Daß er meine Seel dann hinaufführt.

Indessen geht unten Jedermanns Mutter querüber, vor ihr ein Knecht.

KNECHT
Was bleibt Ihr stehen, Frau, zur Stund?
Wie ist Euch? seid Ihr nit gesund?

JEDERMANNS MUTTER
Ich hör ein also herrlich Klingen

Auch ihm gebührt das ewige Leben.
Auch dir! Der Gesunde bedarf des Arztes nicht.
Kannst du darin dich selbst erkennen,
Gleich wie du selbst erkannt auch bist,
Kann nichts – kein Tod – dich von der Liebe trennen.
Glaubst du daran in diesem Leben,
So ist dir deine Schuld vergeben.

JEDERMANN
Ich glaube: So lang ich atme hier auf Erden,
Solang kann ich gerettet werden.

GLAUBE
Es ist an dem, nun geh hinein,
Und wasch von deiner Schuld dich rein.

Jedermann geht nach hinten ab.

JEDERMANN
Göttliches Gesicht!
Rechter Weg, du Himmelslicht!
Ich schrei zu dir in meiner letzten Stund.

Als täten alle Engel singen!
So singen sie vor Gottes Thron:
Das geht auf meinen lieben Sohn.
Ich spür zu dieser nächtigen Stund
Ist seine Seele worden gesund.
Er ist versöhnet Gott dem Herrn
Des sterb ich freudiglich und gern.
Bald lässest deine Dienerin
In deinen Frieden fahren hin.
Amen.

KNECHT
Wollt Ihr nit kommen, Frau?
Die Zeit vergeht, es wird schon grau.

Sie gehen vorbei.

WERKE
Jedermann, ich bins, deine Freundin,
Ich segne dich in meinem Sinn,
Du hast mich geschaffen von Schmerzen frei,
Nun geh ich mit dir, wohin es auch sei.

JEDERMANN
O, meine Werke, wie ich Eure Stimme hör,
Muß ich vor Freuden weinen sehr.

Sie geleitet Jedermann in die Kirche.

TEUFEL *kommt angesprungen*
Halt, Jedermann!
He! Hieher Gesell!
Ich komm dich holen, bin zur Stell!

GLAUBE
Hie ist kein Weg!

TEUFEL
Laß er gesagt sich sein
Ich hab zu warten dort an der Tür
In Amtsgeschäften, damit ich
Den der dort herauskommt, dann mit mir
Eines gewissen Weges führ.

GLAUBE
Ich führe Zwiesprach nit mit dir.

TEUFEL
Ich auch nit.

WERKE
Hie ist kein Weg für dich.

TEUFEL *hält sich die Ohren zu*
Geschrei!
Gespiel! Belästigung!

WERKE
Kein Weg!

Szene 14

TEUFEL
Halt, Jedermann! Jedermann! Aufhalten!
Aufhalten! Jedermann!
He! Hierher Gesell!
Ich komm dich holen, bin zur Stell!
He Jedermann, er ist hinein!
Muss taub auf beiden Ohren sein!
Was geht er denn in dieses Haus?
Ich wart derweilen vor der Tür,
Fass ihn und meines Wegs ihn führ.
Kann sein, er lässt mich warten lang,
Mag er, ist mir um ihn nit bang.
Ist mir verfallen mit Haut und Haar
Und sicher, wie lang schon keiner war.

GLAUBE
Halt da!

TEUFEL
Muss hier vorbei.

GLAUBE
Hier nit!

TEUFEL
Ganz unbedingt, hab dort zu tun.

GLAUBE
Hier ist kein Weg für deinesgleichen.

TEUFEL
Ich kann ausweichen.

TEUFEL
Kein Weg! Kein Weg! Ist hier kein Weg?
Kein Boden? Nichts worauf mein Fuß
Mag stehen, hüpfen, springen! Nein?
Hier wird sogleich ein Weg mir sein!
Will durch mit Gewalt

GLAUBE
Willst dus mit deinen Fäusten richten
Und stören unser fromm Gebet?
Sieh, wer zu unsrer Hilf dasteht!

ENGEL *treten oben hervor.*

GLAUBE
Hier ist kein Weg!

TEUFEL *sanft*
Lass er gesagt sich sein,
Ich habe zu warten dort an der Tür
In Amtsgeschäften, damit ich den,
Der dort herauskommt, dann mit mir
Eines gewissen Weges führ.

GLAUBE
Ich führe Zwiesprach nit mit dir.

TEUFEL
Ich auch nit, geh halt da vorbei.

WERKE
Hie ist kein Weg für dich.

TEUFEL
Geschrei! Gespiel! Belästigung!

WERKE
Kein Weg!

TEUFEL
Kein Weg! Kein Weg! Ist hier kein Weg?
Kein Boden? Nichts, worauf mein Fuß
Mag stehen, springen, hüpfen! Nein?
Hier wird sogleich ein Weg mir sein!

GLAUBE
Willst du's mit deinen Fäusten richten
Und stören uns hier im Gebet?

TEUFEL

Sind die Gesellen auch im Spiel
Und wissen bessres nit zu schaffen
Als hier zu lümmeln und zu gaffen
So abends spät, wie morgens früh,
Wenn andre Leut mit saurer Müh
Nachgehen ihren Amtsgeschäften
Mit schuldigem Eifer und besten Kräften!
Ich frage, sind hier Zweifel im Spiel,
Ist hier ein Handel in der Schweb
Nichts davon, nichts, so wahr ich leb.
Sitzt einer hier unter euch allen,
Der ins Gesicht mir tät bestreiten,
Daß dieser Mensch mir ist verfallen!
Ein prächtig Schwelger und Weinzecher,
Ein Buhl, Verführer und Ehebrecher,
Ungläubig als der schlimmste Heide,
In Wort und Taten frech vermessen
Und seines Gottes so vergessen
Wie nicht das Tier auf seiner Weide.
Witwen und Waisen Gutsverprasser,
Ein Unterdrücker, Neider, Hasser!
An Herz und Nieren ausgedorrt –
Mir fehlen, ihn zu malen, die Wort!
Und diesen will man mir verwehren,
Daß ich ihm auf die Kappen geh
Ihm jählings das Genick umdreh,
Ihm zuschrei: Duck dich, Fleisch, und stirb!
Und seine Seel für uns erwirb.
Verharrt ihr drauf mit kaltem Blut
Und bangt euch nit vor meiner Wut
Und, daß Recht und Gerechtigkeit
Gewappnet stehn auf meiner Seit?

TEUFEL

Ich frage, sind hier Zweifel im Spiel,
Ist hier ein Handel in der Schweb,
Nichts davon, nichts, so wahr ich leb.
Oder sitzt hier einer unter euch allen,
Der ins Gesicht mir tät bestreiten,
Dass dieser Mensch mir ist verfallen!
Ein prächtig Schwelger und Weinzecher,
Buhl, Verführer und Ehebrecher,
Ungläubig als der schlimmste Heide,
In Wort und Taten frech vermessen
Und seines Gottes so vergessen
Wie nicht das Tier auf seiner Weide.
Witwen und Waisen Gutsverprasser,
Unterdrücker, Neider, Hasser!
An Herz und Nieren ausgedorrt –
Mir fehlen, ihn zu malen, die Wort!
Und diesen will man mir verwehren,
Dass ich ihm auf die Kappen geh
Ihm jählings das Genick umdreh,
Ihm zuschrei: Duck dich, Fleisch, und stirb!
Und seine Seel für uns erwirb.
Verharrt ihr drauf mit kaltem Blut
Und bangt euch nit vor meiner Wut,
Dass Recht und Gerechtigkeit
Gewappnet stehn auf meiner Seit?

GLAUBE
Auf deiner Seiten steht nit viel,
Hast schon verloren in dem Spiel.
Gott hat geworfen in die Schal
Sein Opfertod und Marterqual
Und Jedermannes Schuldigkeit
Vorausbezahlt in Ewigkeit.

TEUFEL
Seit wann? seit wo? wie geht das zu?
Geschiehet das in einem Nu?
Wenn eins sein Leben brav sich regt
Und nur auf uns sein Tun anlegt,
Recht weislich, fest und wohlbedacht,
Recht Stein auf Stein und Tag auf Nacht,
Wird solch ein wohlbeständig Ding
In einem Augenzwinkern neu?
Schmeißt ihr das um mit einem Wink?

GLAUBE
Ja solches wirkt die tiefe Reu,
Die hat eine lohende Feuerskraft,
Daß sie von Grund die Seel umschafft.

TEUFEL
Ha! Pfaffenred und Gaukelei!
Wasch mir den Pelz und mach ihn nit naß!
Ein Wischiwasch! Salbaderei!
Zum Speien ich dergleichen haß!
Beweis! Gib eine einzige Red,
Die vor Gericht zu Recht besteht!

GLAUBE
Vor dem Gericht, vor das er tritt,

GLAUBE
Ja, aber das bedeutet hier nicht viel,
Hast schon verloren in dem Spiel.
Gott hat geworfen in die Schal
Die Liebe und Barmherzigkeit
Und damit Schuldigkeit und Menschenqual
Vorausbezahlt in Ewigkeit.

TEUFEL
Seit wann? Seit wo? Wie geht das zu?
Geschiehet das in einem Nu?
Wenn eins sein Leben brav sich regt
Und nur auf uns sein Tun anlegt,
Recht weislich, fest und wohlbedacht,
Recht Stein auf Stein und Tag auf Nacht,
Wird solch ein wohlbeständig Ding
In einem Augenzwinkern neu?
Werft ihr das um mit einem Wink?

GLAUBE
Ja, solches wirkt die tiefe Reu,
Die hat eine lohende Feuerskraft,
Dass sie die Seel von Grund auf neu erschafft.

TEUFEL
Pfaffenred und Gaukelei!
Wasch mir den Pelz und mach mich nit nass!
Wischiwasch! Salbaderei!
Zum Speiben ich dergleichen hass!
Beweis! Gib eine einzige Red,
Die vor Gericht zu Recht besteht!

GLAUBE
Vor dem Gericht, vor das er tritt,

Bestehen deine Rechte nit,
Die sind auf Schein und Trug gestellt,
Auf Hie und Nun und diese Welt,
Die ist gefangen in der Zeit
Und bleibt in solchen Schranken stocken,
Wo aber tönet diese Glocken,

Man hört von innen das Sterbeglöcklein.

Hat angehoben Ewigkeit.

TEUFEL
Ich geb es auf, ich kehr mich um.
Ein schöner Fall, ganz sonnenklar
Und in der Suppe doch ein Haar!
Tret arglos her, vergnügt im Sinn
Und mein, zu melden mich als Erben.
Ja Vetter, ja, da liegen die Scherben!
„Hie ist kein Weg, hie ist kein Weg!"
Ich wollt, daß er im Feuer läg
Und kommt in einem weißen Hemd,
Erzheuchlerisch und ganz verschämt.
Die Welt ist dumm, gemein und schlecht
Und geht Gewalt allzeit vor Recht,
Ist einer redlich treu und klug,
Ihn meistern Arglist und Betrug.
Ich laß ihn, füttert ihn euch aus,
Mich ekelts hie, ich geh nach Haus.
Geht ab.

Jedermann tritt aus der Kirche

Bestehen deine Rechte nit,
Die sind auf Schein und Trug gestellt,
Auf Hie und Nun und diese Welt,
Die ist gefangen in der Zeit
Und bleibt in deren Schranken stocken,
Nun aber tönet diese Glocken,
Da beginnt die Ewigkeit.

TEUFEL
Dies Geklingel silberfein
Geht einem mehr durch Mark und Bein
Als selbst der großen dumpf Gebrumm.
Ich geb's auf, ich kehr mich um.
Ein schöner Fall, ganz sonnenklar
Und in der Suppe doch ein Haar!
Tret arglos her, vergnügt im Sinn
Und mein zu melden mich als Erben.
Ja Vetter, ja, da liegen die Scherben!
„Hier ist kein Weg, hier ist kein Weg!"
Ich wollt, dass er im Feuer läg
Und kommt in einem weißen Hemd,
Erzheuchlerisch und ganz verschämt.
Die Welt ist dumm, gemein und schlecht
Und geht Gewalt allzeit vor Recht,
Ist einer redlich, treu und klug,
Ihn meistern Arglist und Betrug.
Ich lass ihn, füttert ihn euch aus,
Mich ekelt's hie, ich geh nach Haus.

JEDERMANNS MUTTER
Ich hör ein also herrlich Klingen
Als täten alle Engel singen!
Ich hör's und weiß im Herzen mein,
Das sind die himmlischen Schalmein.

JEDERMANN
Nun gebet mir treulich eure Händ,
Ich hab empfangen das Sakrament.
Gesegnet sei, der mich das hieß tun
Und also guten Rat mir sprach,
Nun seid bedankt, daß ihr auf mich
Geharret habet sorglich
Mit andächtigem Beten.
Und laßt uns nun die Reis antreten.

Der Tod ist hervorgetreten.

So singen sie vor Gottes Thron:
Das geht auf meinen lieben Sohn.
Ich spür zu dieser nächtigen Stund
Ist seine Seele frei, gesund.
Er ist versöhnet Gott dem Herrn,
So sterb ich freudiglich und gern.
Amen.

JEDERMANN
Jetzt muß ich ins Grab, das ist schwarz wie die Nacht,
Erbarm dich meiner in deiner Allmacht.

GLAUBE
Ich steh dir nah und seh dich an.

WERKE
Und ich geh mit, mein Jedermann.

JEDERMANN
Ich hab vollendet das Menschenlos,
Tret' vor den Richter nackt und bloß.
O Herrgott droben, steh mir bei,
Zu dir ich um Erbarmen schrei.
Du wahre jetzt der Seele mein,
Daß sie nit mög verloren sein.
Er sinkt.

GLAUBE
Heil ihm, mich dünkt, es ist an dem,
Daß ich der Engel Stimmen vernehm,
Wie sie in ihren himmlischen Reihn
Die arme Seele lassen ein.

Ende

Szene 15

JEDERMANN
Nun geh ich in die Nacht hinab,
Die schwarz ist wie das Grab.

GLAUBE
Ich steh dir nah und seh dich an.

WERKE
Und ich komm mit, mein Jedermann.
Hast mich geschaffen von Schmerzen frei,
Drum geh ich mit, wohin es auch sei.

JEDERMANN
Ich hab vollendet nun das Menschenlos,
Tret vor den Richter nackt und bloß.
Du, sieh mich an und steh bei mir,
Dich bitt ich um Erbarmen hier.
Auf dich will ich – wie mich – vertraun,
Auf dich und deine Schöpferkraft,
Die geschaffen hat und ewig schafft.
Mit Gott, als Mensch und auch als Geist,
Fliegt meine Seel, die mit der Taube kreist.

Ende

Nachwort von Tobias Moretti

Von Hybris, Glaube und anderen Versuchen

Welche Epoche auch immer sich gerade des „Jedermann“ annimmt: Jede findet darin einen Ankerpunkt der Auseinandersetzung. Das Thema von der Endlichkeit der eigenen Existenz und dem Verfehlen des Lebens ist von zeitlosem Interesse. Im historischen Kontext seiner Aufführungen gewinnt es aber immer wieder einen anderen Blick, eine andere Aktualität.

Als die Salzburger Festspiele mir die Rolle angeboten haben, war die Aussicht, wieder auf den Domplatz zurückzukehren, sicher sehr reizvoll, weil ich das Stück ja kannte, aber auch eine Entscheidung, weil ich das Stück eben kannte und auch die Tücken seiner Bedingung. Diese Aufgabe hat ja nicht nur mit der Figur zu tun, sondern ist untrennbar mit dem Stück selbst verbunden – in seiner Ausrichtung –, auch mit seiner Geschichte und Aufführungstradition. Aber es liegt ein Zauber über diesem Spektakel, seiner ungebrochenen Wirkung und seinem Funktionieren.

Hofmannsthal und Reinhardt haben auf die Jahrhunderte alte Tradition und Sprache des Volksstücks zurückgegriffen, um dem zeitlosen Thema eine Form zu geben, die nichts mit den Moden ihrer Zeit zu tun hatte und so eine Art Gültigkeit ohne Verfallsdatum beanspruchen konnte.

Man kann sich vorstellen, dass das Stück in der Salzburger Erstaufführung 1920 mit anderem Verständnis gespielt wurde als bei der Uraufführung 1911, nach dem Weltenbrand des ersten Krieges. Das müsste eigentlich auch für den Zweiten Weltkrieg gegolten haben, zwischen 1937 und der Wiederaufführung 1947 (beide mit demselben „Jedermann"), angesichts der Katastrophe und des tiefen Grabens, der sich dazwischen aufgetan hat – aber das ungebrochene naive Weltverständnis des „Jedermann" hat anscheinend oder vielleicht gerade nach den großen Katastrophen nicht befremdet, sondern wieder einen Nerv getroffen, berührt.

Was mich bewogen hat, eine teilweise textliche Übertragung zu suchen, war nicht in erster Linie der Text Hofmannsthals, sondern die Aufführungstradition, diese bürgerliche und gesellschaftliche Erwartung, die mir mit dem Stück nicht mehr kongruent erschien. Man kann das überspielen – vielleicht sogar brillant überspielen –, aber das ändert nichts an der Tatsache, dass am Schluss dieses Stücks der Eindruck bleibt: Wenn man sich mit guter Absicht empfiehlt, wird man entlassen in die jenseitige Seligkeit. Man muss nur das richtige Gebet an der richtigen Stelle aufsagen und bumm, der Lift fährt in den richtigen Stock.
Dabei ist es eigentlich ein großer Gedanke, der dem Stück zugrunde liegt: dass man sich den Himmel nicht verdienen kann, sondern er einem im besten Fall in der Gnade und der Erkenntnis geschenkt wird.

Das Stück ist ein etablierter, aber immer wieder auch belächelter Klassiker. Nicht nur daher rührt diese „Urfeindschaft" zwischen der Kritik und dem Drama. Dass es in seiner Entstehungszeit durchaus etwas Innovatives hatte, in seinem Rückgriff aufs Mysterienspiel und aufs Volkstheater, ist ihm heute nur noch schwer anzuhören. Der Konvention des ewig Gehörten habe ich versucht zu entfliehen.

Auf die Idee hat mich eine Übersetzung von Henrik Ibsens „Peer Gynt“ von Angelika Gundlach anlässlich der Aufführung am Residenztheater München gebracht. Irgendwie liegt ja eine Seelenverwandtschaft zwischen dem Versdrama „Peer Gynt“ und dem „Jedermann“. Hofmannsthal hat den Autor und sein Stück sehr verehrt.

Aus meiner Mischung von Faszination, Angst und Überlebenstrieb entstand die Lust, mich mit diesen Versen auseinanderzusetzen. Zwei Motive dieses so durchkomponierten Werks sind mir in ihrer scherenschnitthaften Wirkung im Magen gelegen: Hybris des Jedermann und Glaube. Die anderen Figuren waren in ihrer allegorischen Klarheit stimmig.
Es bedarf sicher keiner Interpretation, um den Erzverschwender Jedermann als Prototypen des modernen „global capitalist“ zu verstehen, nur finden wir heute niemanden mehr dekadent, weil er seine Freundin nicht heiratet und ihr ein Lustschlösschen mit Garten überschreibt. Die Buhle oder das „schlamperte Verhältnis“ sind nicht die Ursache für den Zorn Gottes – vielleicht schon eher das Bekenntnis zur „totalen Verfügbarkeit von Allem“, was die beiden verbindet und den Menschen an sich übersteigt. Die Buhlschaft ist für mich mehr als die bürgerliche Projektion des frivolen Ausbruchs. Schon der Regisseur Christian Stückl hatte ihr, in Anlehnung an den „Everyman“, Raum für einen substantiellen Abschied vom Jedermann gegeben.

Wie immer, es braucht eine Nachvollziehbarkeit, warum für so einen wie Jedermann der Höllenofen angefeuert wird – eine andere Dimension von ignorantem Selbstverständnis, von Egomanie, Macht und Gedankenlosigkeit. Auch von Blasphemie. Aus diesem

Grunde hatte ich immer das Bild vor Augen, dass Jedermann kein „Modellchen“ des Lustgartens vorzeigt, sondern mitten in diesem Lustgarten steht: Es ist der Dom mitsamt dem Domplatz und seinem Drumherum, den er zum Lusthaus macht, als Provokation und Metapher per se, ein Hauptgeschenk an seine Kurtisane. Genau das ruft die oberste Instanz auf den Plan, die auch erst an dieser Stelle erscheint, anstatt der reziproken Erscheinung am Anfang.

Überhaupt das Thema Glaube: Was ist denn das in unserer Wahrnehmung? Für kaum jemanden, auch wenn er ein religiöser Mensch sein mag, steht in seiner realen Lebenswelt und Anschauung die Religion im Vordergrund, sie erscheint allenfalls als Empfindung von Dankbarkeit, als eine Reflexion, die aber nur kurzzeitig präsent wird. Und dann wird man mit diesem Stück konfrontiert, das einem suggeriert, in dieser Welt gehe es nur darum, dass man am Ende die fromme Form wahrt und sich so grad noch rechtzeitig für das nächste Leben empfiehlt. Wir haben versucht, den Fokus auf den inneren Vorgang zu lenken, der sich in den Figuren „Glaube“ und „Werke“ widerspiegelt und der niemandem erspart bleibt: die Erkenntnis von Schuld, die man selbst zu verantworten hat. In dieser Autonomie sehe ich auch den Schluss: Der Tod wird dadurch nicht kleiner oder milder, aber personalisiert, es wird der eigene Tod. Die Macht, die hier „siegt“, soll nicht verwässerter wirken als das, was man vorher gesehen hat. Man darf den „geläuterten“ Jedermann nicht fader finden als den ignoranten!

In der Beschäftigung mit dem Text habe ich mich an die Hofmannsthal’sche Sprache und Syntax angelehnt. Da das Theater heute in der klassischen Literatur mit Perspektiven und Gegenüberstellungen spielt, war es für mich nie eine Frage der Unantastbarkeit dieses Textes. Wenn man heute einen Goethe, Kleist oder Schiller bearbeiten darf, kann man das auch bei Hofmannsthal.

Die Salzburger Festspiele spielen seit Jahrzehnten den Originaltext, mit immer wieder abgewandelten Kürzungen. Eine solche Salzburger „Strichfassung“ war Grundlage dieser Bearbeitung, die dann im Arbeits- und Probenprozess auch noch Wandlungen erfahren hat. Aufgrund dieses stetigen Arbeitsprozesses unterscheidet sich die hier vorliegende Bearbeitung von der Spielfassung der Inszenierung von Michael Sturminger. An einigen Stellen der Neubearbeitung finden sich auch Varianten, die einen Einblick in diesen Bearbeitungsvorgang geben.

Ich bedanke mich bei den Salzburger Festspielen für diese Reise.

Herzlichen Dank

Markus Hinterhäuser
Helga Rabl-Stadler
Bettina Hering
Michael Sturminger
Angelika Gundlach
Veronika Zimmermann
und den Impulsen von Albert Ostermaier